# Matthias Behrens

## _Skrupellos_

- Fanatische Jäger -

_Ein Thriller_

Bibliografische Information der Deutschen Nationalbibliothek:

Die Deutsche Nationalbibliothek verzeichnet diese Publikation in

der Deutschen Nationalbibliografie, detaillierte bibliografische

Daten sind im Internet über dnb.dnb.de abrufbar.

Verlag Books on Demand BoD

Verlag:

BoD · Books on Demand GmbH, In de Tarpen 42,

22848 Norderstedt

Druck:

Libri Plureos GmbH, Friedensallee 273, 22763 Hamburg

ISBN: 978-3-7597-5020-4

*„Wo es keine Vorstellung gibt, gibt es kein Grauen"*

**Zitat:**
**Arthur Conan Doyle, britischer Arzt und**
**Schriftsteller (22.05.1859 bis 07.07.1930)**

*„Erstaunlich, dass der Mensch nur hinter seiner*
*Maske ganz er selbst ist."*

**Zitat:**
**Edgar Alan Poe, US-Amerikanischer Schriftsteller**
**(19.01.1809 bis 07.10.1849)**

# 1.

Es war ein trüber Tag. Es wollte heute gar nicht hell werden. Es regnete und war kalt. Aber Ende November ist das normal. Trotzdem sah man allen Menschen an, wie sehr sie das störte. Viele dachten noch an den goldenen Herbsttag im Oktober, oder den letzten richtig warmen Tag im September. Aber nun war es November. Die Tage wurden immer kürzer. Einige machten Weihnachtseinkäufe. Aber das tröstete über den grauen, eintönigen Tag nicht hinweg. Nur schnell nach Hause, in das warme gemütliche Heim.

In der Haupteinkaufsstraße ging schnellen Schrittes ein junger Mann. Plötzlich blieb er kurz stehen und ging dann in den Supermarkt gegenüber. Es war 17.00 Uhr. Er hatte Feierabend. Da fiel ihm ein, dass er noch etwas zum Abendessen benötigt. Der junge Mann, er hieß Martin Jakubowski, war Polizist. Er war alleinstehend. Mit seinen dreißig Jahren hat er schon ein paar Jahre Berufserfahrung. Hauptsächlich war er mit kleinen Diebstählen und mit Formen von Vandalismus beschäftigt. Auch ein Nachbarschaftsstreit kam manchmal hinzu. In der kleinen Stadt Bad Wuhlau im ländlichen Thüringen passierte zum Glück selten ein schweres Verbrechen. Im Supermarkt hatte er schon ein paar Kleinigkeiten in seinen Einkaufswagen getan. Vor ihm ging eine junge Frau. Sie bückte sich, um etwas aus dem untersten Fach eines Regales zu nehmen. Da fiel ihr

Portemonnaie aus ihrer Jackentasche. Sie stand auf. Wahrscheinlich hatte sie es gar nicht bemerkt.

Martin rief: „Hallo, junge Frau. Sie haben ihr Portemonnaie verloren."

Die junge Frau ging weiter. Martin hob sofort die Geldbörse auf und lief der Frau nach. Sie war inzwischen schon im Nachbargang. Endlich hatte Martin sie erreicht. Er tippte sie kurz auf ihre linke Schulter und sprach: „Entschuldigen Sie!"

Die junge Frau drehte sich um und fragte: „Ja, bitte?"

Martin schaute die Frau an. Sie war noch jung, ziemlich groß und vielleicht Mitte zwanzig, hatte langes, etwas gewelltes blondes Haar und war leicht geschminkt. Martin war irgendwie fasziniert von ihr. Wortlos stand er ihr nun gegenüber. Die junge Frau lächelte und sprach erneut: „Ja, bitte?"

Martin war richtig erschrocken und stammelte: „Ent..., Entschuldigung. Sie, sie haben ihre Geldbörse verloren." Er zeigte ihr das Portemonnaie.

Die junge Frau war nun ihrerseits etwas erschrocken: „Oh ja, das ist meines. Vielen Dank. Wie kann ich ihnen danken?"

„Das ist schon in Ordnung. Es freut mich, dass ich ihnen helfen konnte." sprach Martin. Innerlich sagte er zu sich: 'Du Idiot. Frag sie nach ihrer Telefonnummer.' Martin wollte schon etwas sagen, da kam eine weitere junge Frau hinzu. Sie hatte ebenfalls langes blondes Haar. Ihre Kleidung war etwas schrill. Lange schwarze Lederstiefel steckten in einer knallengen dunkelblauen Jeans. Sie hatte eine dicke Felljacke an und sie war auffällig geschminkt. „Hallo Anja, dass ich dich hier treffe? Ich sehe, du bist in Begleitung. Ich will nicht weiter stören. Ich rufe dich morgen an!" sprach die andere junge Frau und verabschiedete sich wieder. Das ging so schnell, dass weder Martin noch die junge Anja etwas erwidern konnten. Beide sahen der anderen jungen Frau noch nach. Da standen sie nun. Mitten im Supermarkt. Und beide konnten sich das Lächeln nicht verkneifen.

„Darf ich Sie zu einem Kaffee einladen?" fragte nun Martin. Er kam sich mächtig mutig vor. Anja schaute auf ihre Uhr, überlegte kurz und sagte: „Ich habe leider kaum Zeit."

„Schade. Es hätte mich gefreut." sprach etwas verlegen Martin und sah sie mit trauriger Miene an.

„Na gut junger Mann. Aber nur kurz." sagte lächelnd Anja.

Beide gingen noch an die Kasse und bezahlten ihre Waren. Im Supermarkt war in der Nähe des Einganges, wie in den meisten Supermärkten, ein Backstand. Anja zeigte wortlos dorthin. Martin nickte und sagte etwas steif: „Bitte gern."

Ein kleiner Tisch war auch noch frei. Sie nahmen Platz. Martin fragte: „Möchten Sie noch etwas Anderes. Ein belegtes Brötchen oder Baguette, oder ein Stück Kuchen?"

„Nein, nur ein Cappuccino." sagte Anja. Martin holte nun an der Theke einen Cappuccino und eine Tasse schwarzen Kaffee.

„Eigentlich müsste ich Sie einladen. Sie haben mir schließlich mein Portemonnaie gesichert. Jemand anderes hätte es vielleicht behalten." sprach Anja.

„Nein, nein. Das ist völlig okay. So gaben Sie mir schließlich die Gelegenheit, Sie einzuladen. Und dass ich das Portemonnaie nicht behalten habe, liegt vielleicht daran, dass ich Polizist bin. Genaugenommen bin ich Kriminalkommissar. Ich hoffe, ich erschrecke Sie nicht damit." sagte Martin.

Anja schaute Martin nun etwas eigenartig an, sprach aber: „Das ist ein ehrenwerter Beruf. Ich hoffe nur, dass Sie mich nicht verhaften!"

„Das tue ich vielleicht, wenn Sie mir nicht ihre Telefonnummer geben." sprach lächelnd Martin.

„Immer langsam. Sie kennen mich ja gar nicht."

„Oh doch, ich kenne zum Beispiel ihren Namen und weiß, dass Sie wunderschön sind. Das ist doch schon sehr viel. Oder?"

„Und ich weiß, dass Sie Polizist sind und ziemlich frech. Und ich kenne noch nicht einmal Ihren Namen."

„Martin Jakubowski heiße ich. Dass ich Polizist bin, wissen Sie schon. Ich bin dreißig Jahre alt und ledig. Jetzt sind Sie wieder dran."

„Nicht so schnell." Anja lachte. Dann stockte sie und sah auf ihre Uhr. Plötzlich machte sie ein erschrockenes Gesicht. „Oh Gott, ich muss los. Ich hatte die Zeit ganz vergessen. Es ist gleich 18.00 Uhr."

Anja schnappte ihre Jacke und stand auf. Sie nahm

noch schnell den letzten Schluck aus ihrer Tasse und wollte gehen.

Martin hielt sie sanft am Arm fest und fragte noch: „Können wir uns wiedersehen? Morgen 17.00 Uhr wieder hier?"

Anja schaute ihn kurz an. Ihr Blick hatte etwas Trauriges. Doch dann lächelte sie kurz und sprach: „Ja, Morgen 17.00 Uhr, hier!" Dann eilte sie hinaus. Martin schaute ihr noch nach.

2.

Am nächsten Morgen saß Martin gedankenversunken im Büro. Gegenüber von seinem Schreibtisch saß Melinda Brewster. Sie war Kriminalassistentin. Melinda war gerade mit dem Studium fertig. Ihr Vater war amerikanischer Soldat und hier in Deutschland stationiert. Melinda schaute nun zu Martin. Der kaute auf seinen Lippen und starrte dem Fenster hinaus.

„Na? War sie hübsch?" fragte lachend Melinda.

„Was? Wie? Ach so, nee, ich habe nur so an nichts gedacht." sprach Martin.

„So ein Quatsch. Das gibt es nicht. Kannst es mir ruhig sagen. So wie du schaust, ist dir gestern Abend irgendeine Laus über die Leber gelaufen. Hat dich jemand versetzt?" fragte immer noch lachend Melinda.

„Nein, hör auf mit dem Unsinn. Sag mir lieber, wo Molwitz bleibt!" erwiderte Martin.

Harald Molwitz war Kriminalhauptkommissar. Er leitete das Team. Normalerweise war er immer der erste auf Arbeit.

Plötzlich klingelte das Telefon. Martin nahm den Hörer in die Hand. Es war Harald Lieberknecht: „Hallo Martin. Ich wurde soeben angerufen. Es gibt eine tote Person im Kurpark. Molwitz wurde informiert. Du und Melinda, ihr kommt beide sofort hierher." Martin wollte noch etwas fragen, da hatte Harald schon aufgelegt.

Martin schaute Melinda an und sagte: „Wir sollen sofort in den Kurpark kommen. Da gibt es eine Leiche. Molwitz wurde informiert. Ich frage mich nur, warum man uns hier nichts gesagt hat."

Melinda und Martin eilten zum Kurpark. Er war nur zehn Fahrminuten vom Revier entfernt. Als sie ankamen, war schon alles abgesperrt. Ein Wachtmeister kam auf Melinda und Martin zu und informierte sie kurz: „Dort hinten im Gebüsch liegt die Leiche. Es ist eine junge Frau, so Mitte zwanzig." Von weitem sahen sie auch schon ihren Teamleiter Molwitz stehen. Er beugte sich jetzt gerade über einen leblosen Körper. Daneben kniete Doktor Horst Keilhauer, der Gerichtsmediziner.

Melinda und Martin standen nun unmittelbar neben dem Opfer. Es war eine Frau, sie hatte halblanges blondes Haar. Für die Jahreszeit war sie sehr unpassend gekleidet. Sie hatte lange schwarze Lederstiefel an. Ansonsten trug sie eine sehr dünne hellblaue Bluse und ein sehr knappen Rock. Ihr

Gesicht war nicht zu erkennen. Sie lag auf dem Bauch. Am Hinterkopf war eine stark blutende Stelle zu sehen.

Dr. Keilhauer erklärte kurz: „Gestorben ist sie vermutlich an einem tödlichen Schuss genau ins Herz. Ich vermute, dass sie mit einem Gewehr erschossen wurde. Größeres Kaliber. So wie die Wunde auf den ersten Blick aussieht, kam der Schuss mindestens aus einer Entfernung von 15 bis 20 Metern. Es war ein glatter Durchschuss. Die Wunde am Kopf kam vom anschließenden Sturz. Ein paar Sekunden wird sie wohl noch gelebt haben."

Martin schaute sich die Leiche an. Er merkte wie sein Herz plötzlich schneller schlug. Er dachte an den gestrigen Abend. Die junge Frau war ebenso blond. Nur die Kleidung war eine andere. Martin bückte sich und drehte etwas den Kopf der Leiche. Er erschrak. Melinda bemerkte dies. Sie sah Martin an und fragte: „Was ist los? Kennst du diese Frau?"

Auch Molwitz und Dr. Keilhauer sahen nun zu Martin. Dieser nickte und sagte nur: „Ja. Ich kenne diese Frau. Was heißt kennen?!? Es ist eigentlich nur eine flüchtige Bekanntschaft. Ich habe gestern Abend eine junge Frau kennengelernt. Es war reiner Zufall. Ich hatte sie noch zu einem Kaffee eingeladen. Da kam dann diese junge Frau hier und sprach meine Zufallsbekanntschaft an. Ich weiß allerdings nicht wie sie heißt und wer sie genau ist."

„Wir wissen auch nichts. Sie hat nämlich keine Ausweispapiere oder Ähnliches bei sich. Auch

Schlüssel, Handy und Brieftasche fehlen." sagte Molwitz.

„Du hattest gestern ein Date?" Melinda schaute Martin grinsend an.

„Date ist übertrieben. Es war reiner Zufall. Sie hatte ihr Portemonnaie verloren und ich habe es ihr hinterhergebracht. Das war alles. Diese Begegnung dauerte nur ein paar Minuten." erläuterte Martin.

„Vielleicht kann deine Bekanntschaft uns weiterhelfen?" Melinda schaute Martin an.

Martin schaute etwas betreten und sagte: „Das sieht schlecht aus. Ich kenne von meiner zufälligen Bekanntschaft nur den Vornamen. Sie heißt Anja. Unsere Unterhaltung war nur sehr kurz. Sie hat sich sehr übereilt verabschiedet. Ich habe leider keinen Zunamen, keine Telefonnummer und keine Adresse. Aber heute Abend wollen wir uns wieder treffen."

„Na gut. Dann müssen wir auf die Ergebnisse der Spurensicherung warten. Schaut euch noch ein bisschen um. Dann fragt in der Kurklinik nach, ob jemand was gehört oder gesehen hat. Anschließend kommt ins Büro. Harald soll die Passanten hier kurz befragen und ihre Daten notieren." sprach Molwitz. Die Befragung in der Klinik ergab nichts. Keiner hat was gesehen oder gehört.

Am Abend ging Martin zu der Verabredung im Supermarkt. Er war schon zehn Minuten vorher da. Ziemlich nervös saß er an einem Tisch beim Bäcker. Immer wieder schaute er auf die Uhr. Als die zehn

Minuten rum waren, wurde Martin noch nervöser. Er stand kurz auf und holte sich eine Tasse Kaffee. Immer wieder schaute er zum Eingang. Aber die junge Frau kam nicht. Nun war es schon eine Viertelstunde über der Zeit. Viele Menschen kamen und gingen. Nur die junge blonde Frau erschien nicht. Martin saß nun wie bedeppert bei seiner Tasse Kaffee am Tisch. Er hatte wirklich gehofft, dass Anja kommen würde. Nicht nur auf Grund der Mordermittlungen, sondern weil er sie wiedersehen wollte. Martin fand sie sehr nett, auch wenn die Begegnung am Vortag sehr kurz ausfiel. Nach einer weiteren Viertelstunde gab er schließlich auf. Ziemlich enttäuscht stand Martin auf und verließ den Supermarkt. Er schrieb noch eine Nachricht an Molwitz und ging etwas traurig nach Hause.

Am nächsten Morgen kam Martin als Letzter ins Büro. An seiner Miene konnte jeder sehen, dass er noch sehr enttäuscht vom Abend zuvor war. Melinda war gerade dabei, an eine alte Tafel ein paar Notizen mit Kreide zu schreiben. Dazu heftete sie noch ein kleines Bild von der Toten. Molwitz war immer gegen neue Techniken. Mit Computern stand er auf Kriegsfuß. Und so nutzten sie immer noch die alte Tafel.

„Na, sie hat dich also versetzt." sprach Melinda und drehte sich lachend zu Martin.

Martin nickte nur und nahm sich wortlos eine Tasse Kaffee. Dann setzte er sich an seinen Computer.

Molwitz grinste: „Es scheint dich ganz schön mitzunehmen. Dumm ist nur, wir haben nun ein Problem. Wir haben keine Hinweise, wer die Frau ist. Wir haben auch keinen Hinweis in unserer Datei gefunden. Ich werde mich nun an die Presse wenden. Ebenso frage ich bei Europol nach. Irgendjemand muss diese Frau schließlich kennen."

„So, wie die Frau angezogen ist, könnte man meinen, dass sie aus dem Rotlichtmilieu kommt. Diese Kleidung, dann die auffällige Schminke. Hey Martin? Wo warst du vorgestern Abend? Im Supermarkt?" Melinda lachte.

„Es war genauso, wie ich es gesagt habe." sagte Martin trotzig.

„Ich gehe zum Staatsanwalt. Wir müssen uns an die Presse wenden. Und die Idee vom Rotlichtmilieu finde ich gut. Ich hatte mal bei der Sitte gearbeitet. Ich habe da noch so manche Kontakte. Melinda, du machst die Anfrage bei Europol!" Molwitz stand auf und verließ den Raum.

Martin stand nun ebenso auf und sagte: „Ich fahre rüber zur Rechtsmedizin nach Erfurt. Mal sehen, was die haben."

Ein paar Stunden später saßen sie wieder im Büro zusammen. Molwitz stand an der alten Tafel. Melinda und Martin schauten zu ihm.

„So, was haben wir?" fing Molwitz an. „Ich hatte vorhin ein paar interessante Gespräche. Die Tote war in der Tat eine Prostituierte. Ihr kennt doch die Villa 'Abendfreude'? Dort hatte sie ein Zimmer gemietet und empfing dort auch ihre Freier. Ich kenne die Vermieterin. Alle männlichen und weiblichen Prostituierten, welche dort eingemietet sind, machen das so. Und somit ist das ein Haus, in welchem Einraumwohnungen vermietet werden. Die Vermieterin nimmt zwar eine sehr hohe Miete ein, aber das ist ja legale Vermietung und keine Zuhälterei. Nun, unser Opfer ging also dort ihrem Geschäft nach. Privates wusste man nichts von ihr. Ihr Name ist Susanne Heinrichs. Sie nannte sich 'die wilde Susi'. Ihre Spezialität ist BDSM mit allem was dazu gehört. Wer ihr letzter Freier war, wusste die Vermieterin angeblich nicht. Im Kurpark ging sie auf die Suche nach Freiern. Was noch interessant war, es wird noch eine Prostituierte vermisst. So hinter der Hand kam heraus, dass sie Hals über Kopf das Haus verlassen hat. Ein Mann im mittleren Alter hatte sie eingehakt in einen Wagen geführt. Sie wurde fast abgeführt. Es könnte ihr Zuhälter gewesen sein. Der Beschreibung nach könnte es deine Bekanntschaft sein, Martin. Ihr Name ist Anja Fiebritz. Ob das ihr richtiger Name ist, weiß ich nicht. Ich fragte die

Vermieterin noch, ob es nicht schlecht für das Geschäft ist, wenn die Mieter so einfach verschwinden. Darauf zuckte sie nur mit den Schultern. Ein männlicher Mieter sagte mir hinter vorgehaltener Hand, dass sie in Sicherheit gebracht wurde. Irgendetwas stimmte mit ihr nicht." Molwitz setzte sich nach seinen Ausführungen.

Martin hatte die Ausführungen von Molwitz sichtlich nervös verfolgt. Er räusperte sich kurz und sagte: „So, ich war in der Rechtsmedizin. Ich habe hier das Projektil. Es steckte noch im Körper. Es ist ein 8,58mm Lapua Magnum. Solche Patronen nimmt man als Scharfschützenmunition und für Weitschuss-Jagdgewehre. Das Opfer war nach ein paar Sekunden tot. Der Schuss ging mitten ins Herz."

„So", begann Melinda ihre kurze Ausführung, „ich habe eine Anfrage bei Europol gemacht. Aber ich habe noch keine Antwort, ob das Opfer dort bekannt ist."

Molwitz sah zu Martin und Melinda und sagte: „Na gut, viel haben wir nicht. Mach dich mal schlau Martin, was wir noch über die Vermieterin haben. Und du Melinda überprüf die Patrone. Vielleicht haben wir sie schon einmal irgendwo gehabt."

„Ich habe auch noch Verbindungen zu einem kleinen Junkie. Er hilft mir manchmal mit Informationen. Ich könnte ihn kontaktieren." meinte Martin.

„Mach das." sprach Molwitz kurz.

## 3.

Am nächsten Tag suchte Martin einen alten Bekannten auf. Es war der Kleinkriminelle Klaus Bienert. Martin hatte ihn schon mal verhaftet. Hin und wieder konnte dieser ihn mit ein paar Informationen hilfreich sein. Sie trafen sich im Kurpark. Klaus Bienert stand an einem Geländer am Teich des Kurparks. Martin schlenderte so am Teich entlang und blieb wie zufällig einen Meter neben Klaus Bienert stehen und beugte sich ebenfalls über das Geländer. Er hatte ein paar Brotkrümel in einer Tüte mitgebracht und begann nun die Enten zu füttern.

„Lange nicht gesehen, Klausi. Was machen die Geschäfte?" fragte Martin. Er schaute Klaus dabei nicht an, sondern fütterte weiter die Enten.

„Es geht. Es ist nicht gut, wenn man uns beide zusammen sieht. Jeder weiß, dass du Polizist bist. Was willst du von mir?" Klaus tat ziemlich erbost.

„Du bist mir noch ein paar Gefallen schuldig. Wenn ich nicht gewesen wär, säßest du heute noch im Knast. Also, was weißt du über die Villa 'Abendfreude'?" fragte Martin.

„Das ist zurzeit ein ziemlich heißes Gesprächsthema. Die tote Nutte tut der Szene nicht gut. Keiner glaubt, dass sie zufällig ermordet wurde. Es hat sich schon rumgesprochen, dass sie mit einem Scharfschützengewehr erschossen wurde. Dass sich die Clans gegenseitig die Huren umbringen, halten alle für ausgeschlossen. Ein durchgeknallter Freier kann es auch nicht gewesen sein. Die verprügeln höchstens mal eine Nutte. Mehr nicht." Klaus steckt sich nun eine Zigarette an.

„Und was ist mit der zweiten Frau?" wollte Martin jetzt wissen.

„Du meinst Anja? Naja, was soll mit ihr sein? Der Obermufti hat sie abgeholt. Sie muss jetzt woanders anschaffen. Keine Ahnung, wo sie hingeschafft wurde." Klaus zuckte kurz mit den Schultern.

„Dann horch dich mal um!" sprach Martin.

„Warum ich? Die Clans mögen es nicht, wenn man herumschnüffelt. Das ist gefährlich!" Klaus wurde nun sehr nervös. „Warum willst du das wissen? Was spielt die für eine Rolle? Was soll das? Ich bin doch nicht lebensmüde. Warum bist du überhaupt so an der interessiert? Mit der stimmt sowieso irgendetwas nicht. Die kam erst vor zwei Tagen hier an. Die musste wohl vorher irgendwo in Dänemark ihren Arsch hinhalten. Ich kann dir jetzt nicht mehr sagen." Klaus wollte gehen.

„Eine Frage noch Klausi. Wie läuft das in der Villa ab? Die Huren haben einen Mietvertrag. Die bezahlen also wie ein normaler Mieter irgendwo Miete und das war es?" fragte nun Martin.

„Nee, die ganzen Nachteinnahmen werden den Nutten abgenommen. Ein kleines Taschengeld können sie behalten. Für die Bücher gibt's eine Quittung nur über die Höhe der offiziellen Miete. Nach zwei bis vier Wochen müssen sie dann wieder woanders hin. Die sollen sich nicht an einen Standort gewöhnen. Da gibt es eine ständige Rotation zwischen den Standorten." erläuterte Klaus.

„Versuch trotzdem, was herauszubekommen! Sonst lasse ich dich wieder hochgehen. Ich finde schon einen Grund." Martin blieb hart.

Klaus drehte sich abrupt um und ging wortlos. Martin blieb noch ein paar Minuten stehen und dann ging er ebenso.

Als Martin ins Büro zurückkam, war inzwischen eine Antwort von Europol da. Melinda schaute enttäuscht drein und sagte: „Nichts. Es ist nichts über Susanne

Heinrichs und Anja Fiebritz bekannt. Vielleicht sind das auch nicht ihre richtigen Namen. Auch die Munition ist bisher unbekannt."

„Ich habe, wie schon gesagt, da einen Informanten in der Szene. Ein Kleinkrimineller. Er versucht noch etwas rauszubekommen. Bisher weiß er auch fast nichts. Anja Fiebritz war eventuell bis vor zwei Tagen in Dänemark anschaffen. Das muss aber nicht stimmen. Wo sie jetzt ist, weiß er nicht." sprach Martin.

„Da werde ich mal bei unseren Kollegen in Kopenhagen eine Anfrage machen. Aber viel wird nicht rausspringen. Die Kollegen von Europol hätten sonst irgendwas gewusst." meinte Melinda.

„Glaub ich auch. Wo ist Molwitz?" fragte Martin.

„Der ist beim Staatsanwalt." sagte Melinda.

„Na gut. Ich mach dann Feierabend. Kommst du noch mit auf ein Bier?" fragte Martin.

„Nee, geht nicht. Ich treffe mich noch mit meinen Eltern." antwortete Melinda.

„Okay, dann mach's gut." sprach Martin und ging. Unterwegs nach Hause ging er noch in ein kleines schäbiges Lokal „Zum Bierkrug". Hier machen auch viele Trucker halt. Er ging hinein. Er kannte Mona, die Wirtin. Sie muss schon um die Siebzig Jahre alt sein. Sie war wie immer sehr geschminkt. Als er an einem kleinen Tisch Platz nahm, kam sie auch zugleich zu ihm.

„Hallo Martin, was willst du hier? Ein Bulle in meinem Lokal ist nicht gut." sprach Mona.

„Ich möchte ein Bier." sprach Martin.

Mona ging und holte ihm ein Bier: „Bitte schön." sprach Mona und stellte ihm das Bier auf den Tisch.

„Mona, ich möchte mal kurz mit dir reden." sagte Martin.

„Ich habe keine Zeit, meine Gäste warten." sprach Mona kurz.

„Mona, Mona. Ich habe mal ein Auge zugedrückt, als du in Schwierigkeiten warst. Eine Hausdurchsuchung hier wäre bestimmt nicht gut. Ein kurzer Anruf und ein paar Kollegen von mir wären sofort hier. Einen richterlichen Beschluss bekomme ich bestimmt auch." sprach Martin und holte sein Smartphone aus der Hosentasche.

Mona überlegte kurz und nahm an Martin seinem Tisch Platz: „Du erpresst mich!"

„Nein, nein. Eigentlich will ich nur, dass dein Geschäft weiter geht." Martin lächelte.

„Du bist ein Menschenfreund, na klar. Gut, was willst du wissen?" fragte Mona nun.

„Es hat sich doch herumgesprochen, was passiert ist, oder?" fragte Martin.

„Du meinst die tote Hure?" Mona schaute Martin an.

„Auch. Es ist auch ein anderes Mädchen verschwunden." sprach Martin.

„Was willst du von der?" fragte Mona.

„Nur so. Sie weiß vielleicht etwas." sagte Martin.

„Keine Ahnung. Die Nutten kommen und gehen." meinte Mona.

„Das kannst du jemand anderes erzählen. Wir sind hier eine kleine Stadt. Wenn hier so was passiert, dann wisst ihr das doch auf jeden Fall." Martin schaute Mona an.

„Ich weiß gar nichts. Ich habe hier nur ein kleines Lokal. Meine Gäste sind ehrliche Leute." sprach Mona.

„Ach Mona. Ich weiß, dass du hier oben drei Zimmer hast. Ich weiß auch, was darin passiert. Du musst nicht versuchen, mich für dumm zu verkaufen." Martin zeigte mit dem Finger nach oben.

Mona überlegte und sagte schließlich: „Du kennst doch Lilo. Die hatte sich mit dieser blonden Anja angefreundet. Sie kannten sich noch von Dänemark. Beide waren mal dort. Lilo hat es geschafft, sich hier sesshaft zu machen, weil sie krank wurde. Hier in Bad Wuhlau trafen sich dann Lilo und Anja wieder. Also frag Lilo." erzählte Mona.

„Ja, ich kenne Lilo ganz gut. Sie ist nicht zufällig Gast hier bei Dir?" fragte Martin.

„Zufällig hat sie hier ein Zimmer gemietet. Ich weiß, du hattest mal was mit ihr. Ich könnte sie bitten, dich zu empfangen. Allerdings hat sie dann einen Verdienstausfall. Das ist schon ein Problem." Mona rieb den rechten Daumen und Zeigefinger aneinander.

„Kein Problem!" sagte Martin kurz.

Mona stand auf und ging zu einer Tür neben dem Tresen. Nach fünf Minuten stand Mona wieder in der Tür und winkte Martin kurz zu. Er stand auf und ging durch die Tür nach oben.

Mona sagte noch: „Zweite Tür links."

Martin ging zu der Tür und machte sie ohne zu klopfen auf. Lilo, eine stark geschminkte Frau um die fünfzig, lag nur mit einem sehr knappen Nachthemd bekleidet auf dem Bett.

„Hallo Martin, du warst lange nicht mein Gast." flötete Lilo.

„Hallo Lilo." sagte Martin nur.

Lilo stand auf und ging auf Martin zu. Sie streichelte mit der linken Hand seinen Kopf während ihre rechte Hand an seiner Hose die Knöpfe langsam aufmachte. Dann zog sie ihn zu ihrem Bett. Martin nahm sanft

Lilo ihren Arm und zog ihn aus seiner Hose. Dabei lächelte er sie an und sprach: „Nein, Lilo. Lass das."
„Ach komm", sprach Lilo, „während du hier bist verdiene ich nichts. Ich weiß noch, vor vierzehn Jahren, als du das erste Mal bei mir warst. Erinnerst du dich?"
„Ja, natürlich erinnere ich mich." sprach Martin. Gedankenversunken starrte er nun vor sich hin.

Er war damals gerade sechszehn Jahre alt. Mit Grauen dachte er an diesen Abend. Sein Vater kam wieder einmal total besoffen nach Hause. Er schrie und schnappte Martins Mutter. Martin wollte dazwischen gehen, bekam aber vom Vater einen Schlag mit der flachen Hand ins Gesicht. Martins Mutter schüttelte den Kopf und rief: „Lass Martin in Ruhe. Ich komme ja mit dir."
Martin sah zu wie der Vater seine Mutter mit ins Schlafzimmer nahm. Er hörte ihre Schreie. Dann wurde es ruhig. Martin lauschte an der Tür. Er vernahm ein Wimmern. Dann riss er die Tür auf und sah, wie sein Vater seine Mutter vergewaltigte. Seine Mutter weinte, während sein Vater mit Gewalt in sie eindrang. Martin wollte seiner Mutter helfen, aber sie rief: „Nicht Martin, nein. Geh, ich komme schon klar." Sein Vater holte mit der Hand aus und schlug

wieder die Mutter. Aber diesmal kam kein Schrei, nichts, nur ein leises Weinen. Dann rief sie noch einmal: „Martin, geh. Geh schnell." Sein Vater ließ sich nicht stören. Immer und immer wieder drang er in die Mutter ein. Martin drehte sich rum und verließ die Wohnung. Er lief durch die Straßen der kleinen Stadt und setzte sich schließlich auf eine Parkbank. Es regnete etwas. Dort fing er an zu weinen. Während er schluchzte, kam eine Frau und setzte sich zu ihm. Sie sprach Martin an: „Was ist los? So traurig?"

„Lass mich in Ruhe!" war Martin seine Antwort.

„Na, na. Ich wollte vielleicht helfen. Aber wenn du nicht willst!" sprach die Frau.

Martin sah hoch. Die Frau neben ihm war vielleicht so Mitte dreißig und stark geschminkt.

„Du bist eine Hure, lass mich." rief Martin.

„Stimmt, ich bin eine Hure. Aber wenn ich dich so sehe, geht es mir bestimmt besser als dir." sagte die Frau und sah ihn an. Martin schaute zurück.

Dann sagte die Frau: „Heute ist hier nichts los. Komm, ich koche bei mir für uns beide einen Kaffee."

Bei ihr angekommen kochte sie Kaffee. Langsam schlürfte Martin den Kaffee. Er tat bei diesem Wetter gut.

„Ich heiße Lilo. Und wie heißt du?" fragte die Frau.

„Martin." war seine kurze Antwort.

Langsam kamen sie ins Gespräch. Martin erzählte ihr von seinem gewalttätigen Vater und wie er seine Mutter regelmäßig vergewaltigte. Er erzählte Lilo seinen ganzen Frust und seine Wut. Lilo hörte eigenartiger Weise ganz ruhig zu. Martin wusste auch nicht, warum er dieser Frau, die eine Hure war, alles erzählte. Diese Lilo hörte zu und sie beruhigte ihn damit etwas. Dann streichelte sie sanft sein Haar. Das hatte Martin nun gar nicht erwartet. Er schaute Lilo an. Sie sprach nun in ruhigen Worten zu ihm: „Ich weiß wovon du sprichst. Mir ging es als Jugendliche auch so. Auch ich lief von zu Hause weg. Ich streunte tagelang umher. Ich wohnte damals in Köln. Schließlich traf ich einen Mann. Der versprach mir das Blaue vom Himmel. Ich bekam von ihm Tabletten. Ich sollte mich durch diese besser fühlen. Das waren Drogen. Später schickte der Mann mich anschaffen. Seit dem gehe ich auf den Strich. Ich muss alle vier Wochen die Stadt wechseln. Man schafft mich einfach ohne zu fragen zum nächsten Puff. Auch heute noch. Ich habe mich daran gewöhnt. Das ist nun zwanzig Jahre her. Mach du nicht den gleichen Fehler wie ich. Geh zur Polizei und zeige deinen Vater an. Geh aufs Jugendamt. Die können helfen. Es wird zwar nicht leicht für dich. Aber du musst nicht so weit

unten landen wie ich. Für mich ist es zu spät, für dich
nicht. Wie alt bist du denn?" Lilo schaute Martin an.
„Sechzehn! Ich werde aber in ein paar Tagen
siebzehn." war Martin seine Antwort.
„Hast du eine Freundin?" wollte Lilo jetzt wissen.
Martin schüttelte nur mit dem Kopf. Er sah Lilo an.
Sie strich ihm sanft und zärtlich über das Haar. Er
wusste plötzlich nicht wie ihm geschah. Plötzlich
umarmte er Lilo und küsste sie. Und sie ließ es
geschehen. Später lagen beide eng umschlungen
zusammen im Bett.
„Martin", sagte Lilo, „geh zur Polizei. Mach was aus
deinem Leben."
„Ich will bei dir bleiben." sagte daraufhin Martin.
Lilo lächelte und sprach: „Das geht nicht. In ein paar
Tagen bin ich wieder woanders. Ich weiß noch nicht
einmal wo. Ich war sogar schon im Ausland. Einmal
war ich für drei Wochen auf Ibiza. Die Insel ist zwar
malerisch. Aber davon habe ich nicht viel
mitbekommen. Die Freier waren meistens Deutsche
und oft betrunken. Das ist nicht so toll. Hier, in so
einer kleinen Stadt, ist es viel besser. Wer weiß, wo
ich als nächstes bin."
„Vielleicht könntest du mir schreiben. Ich komme
dich dann besuchen." sagte Martin.

„Nein, du musst mich vergessen. Das ist besser für dich. Ich bin nicht frei. Bei einer festen Beziehung bringen die mich einfach um und dich vielleicht auch. Mit meinen Bossen ist nicht zu spaßen. Außerdem bist du noch minderjährig. Vergiss es." sprach Lilo.

Martin erwachte aus seinen Gedanken. Er sah Lilo an. „Wo warst du mit deinen Gedanken?" wollte Lilo wissen.

Martin lächelte: „Ich habe an unsere erste Begegnung gedacht."

„Aha. Naja, es ist gut, dass du auf meinen Rat damals gehört hast. Du hast nicht nur deinen Vater ins Gefängnis gebracht, sondern bist nach der Schule und der Berufsausbildung Polizist geworden. Das ist gut so. Es war auch gut, dass du mich nicht gemeldet hast. Du warst schließlich noch minderjährig." sprach Lilo lachend.

„Ich hatte dir viel zu verdanken. Und ich hatte mich damals richtig in dich verknallt. Obwohl du eine Hure warst." sagte Martin.

„Oh, ich bin immer noch eine Hure." Lilo lachte immer noch.

„Ich weiß.  Und wir haben all die Jahre über unseren Kontakt gepflegt. Und ab und zu trafen wir uns. Du bist eine richtige Freundin für mich. Lilo bitte, du musst mir helfen." sprach nun Martin.

„Was ist los?" fragte Lilo.

„Ich suche ein Mädchen. Ich hatte sie vor ein paar Tagen kennengelernt. Sie heißt wahrscheinlich Anja." sagte Martin.

„Die blonde Anja? Ich kenne sie nicht besonders. Sie war auch noch nicht lange hier. Sie ist, so glaube ich, erst vor zwei Tagen hier eingetroffen. Ich war schon einmal mit ihr zusammen. Das war vor ungefähr sechs bis sieben Jahren. Sie war damals noch blutjung. Das war in Kopenhagen. Sie war sehr schüchtern. Irgendetwas verbarg sie immer. Naja, in unserem Gewerbe lernt man sich nie richtig kennen. Ich weiß nur noch, dass sie irgendwie eigenartig war, sehr nett, aber auch verschlossen. Was ist mit der?" fragte Lilo.

„Ich hatte sie zufällig kennengelernt..."? begann Martin.

Lilo lachte nun: „Mensch Martin, dich hat es wieder erwischt. Und schon wieder ist es eine Hure."

Martin lachte nun auch, schüttelte aber auch den Kopf. Lilo sprach weiter: „Mann, Mann, Mann, du bist schon einer. Also, sie ist, so viel ich gehört habe, wieder weg. Ich denke mal, man hat sie ins Ausland geschafft.  Mehr weiß ich nicht."

„Wenn du was hörst, kannst du mir ja Bescheid geben." sprach Martin.

„Mit diesen Nutten habe ich wenig Kontakt. Sie sind eigentlich meine direkte Konkurrenz. Ich wurde vor fünf Jahren von meinem damaligen Boss an einen anderen verkauft. Dieser war allerdings mit mir nicht zufrieden. Vor zwei Jahren schließlich wurde ich einfach ohne Ausweis, ohne Wohnung, ohne Geld rausgeschmissen. Ich war ihm zu alt. Außerdem habe ich Probleme mit dem Kreislauf. Eine kranke Hure wollte mein Boss nicht. Ich soll froh sein, dass ich noch lebe, hatte er gesagt. Ich wusste von Mona. Ich bin hierher zurück und sie hat mich angestellt. Nun bin ich fünfzig und verdiene trotzdem noch gutes Geld. Was will ich mehr?" erzählte Lilo.

„Du warst mir immer eine gute Freundin." sagte Martin und lächelte.

„Wir können auch immer noch Spaß haben." auch Lilo lächelte, „dich würde ich auch wieder küssen. Das mache ich sonst mit keinem Freier."

„Ich bin kein Freier." sprach Martin und lächelte, zog Lilo an sich und küsste sie. Langsam zogen sich beide gegenseitig aus und hatten wie schon so oft ihren Spaß.

Als Martin zu Hause ankam, schaute er noch in seinen Briefkasten. Er holte eine Karte heraus. Auf dieser war ein Galgen abgebildet.

4.

Am nächsten Morgen kam Martin als erster ins Büro. Kurz nach ihm kam Molwitz. Der war sehr überrascht, als er Martin sah: „Guten Morgen. Nanu, wie kommt es, dass du schon so früh auf bist?"

Wortlos zeigte Martin ihm die Karte und sprach: „Zieh dir ein paar Handschuhe an!"

Molwitz schaute Martin komisch an. Er zog sich dann aber doch ein paar Einmalhandschuhe an und sah sich die Karte aufmerksam an. Mit hochgezogenen Augenbrauen sah er Martin an und fragte: „Wo kommt die her?"

„War bei mir gestern Abend im Briefkasten." antwortete Martin.

„Das ist eine Drohung! Die müssen wir ernst nehmen." sagte Molwitz.

Nun kam auch Melinda ins Büro. Sie bemerkte die Unruhe. Sie sah die beiden Männer an und fragte: „Was ist los?"

„Diese Karte war bei Martin im Briefkasten! Zieh dir ein paar Handschuhe an." sagte Molwitz und gab Melinda die Karte.

Stumm sah sich Melinda die Karte an. Nach ein paar Sekunden sprach sie: „Eine Drohung. Ich gebe sie zugleich in die KTU."

Da klingelte plötzlich das Telefon. Molwitz ging ran: „Ja, was gibt's? Was? Wo?" Dann legte er wieder auf. Er sah Martin und Melinda an und sprach: „Es gibt wieder eine Leiche. Am Teich vom Kurpark."

Martin, Melinda und Molwitz fuhren schnell in den Kurpark. Eine Polizeistreife war schon vor ihnen am Tatort und sperrte diesen schon ab. Als sie näher kamen, sahen sie eine nackte männliche Leiche, welche auf dem Bauch lag. Die Beine waren nach oben angewinkelt. Man konnte das Gesicht nicht erkennen. Aber um den Hals war eine Drahtschlinge gezogen, während das andere Ende des Drahtes um die angewinkelten Beine fest gezogen war. Das Opfer hatte sich also selbst erdrosselt. Keiner konnte lange die Beine so angewinkelt halten. Irgendwann gaben die Reflex nach und die Schlinge um den Hals zog sich immer weiter zusammen. Nach qualvollen Minuten trat dann der Tod ein.

Martin beugte sich runter und drehte vorsichtig den Körper des Opfers herum. Martin erschrak. Es war der kleinkriminelle Informant.

Molwitz bemerkte, dass Martin erschrocken reagierte und fragte: „Was ist los? Kennst du ihn?"

„Ja, ich kenne ihn", antwortete Martin, „er ist ein Kleinkrimineller. Er heißt Klaus. Alle nennen ihn Klausi. Ich habe mich gestern mit ihm getroffen. Ich wollte ein paar Auskünfte von ihm. Er kommt, er kam, mit vielen Leuten aus der Szene zusammen. Er kannte sich im Rotlicht- und Drogenmilieu ganz gut aus. Er sollte sich mal umschauen."

„Das hat er dann wohl auch getan. Furchtbar." sagte Melinda.

„Es ist auch eine Mitteilung an uns." sprach Molwitz.

„Wieso?" wollte Melinda wissen.

„So bringt die Mafia jemanden um. Es ist eine Strafe für Verrat jeglicher Form. Und so was hier in unserem beschaulichen Bad Wuhlau. Ich werde das LKA informieren. Die werden das jetzt übernehmen. Wir sind da jetzt raus." sprach Molwitz.

„Ich muss noch was erledigen!" sagte Martin.

„Was willst du tun?" fragte Molwitz.

„Es ist eine private Sache!" antwortete Martin.

Molwitz schaute Martin an. Dann nickte er und sagte: „Dann solltest du es sehr schnell machen."

„Ja." sagte Martin nur.

Melinda schaute voller Nichtverstehens zu den beiden Männern. „Was sollte Martin schnell tun?" wollte Melinda wissen. Martin schaute sie nur an und ging.

„Lass ihn. Er weiß, was zu tun ist!" sagte Molwitz nur. Martin lief so schnell er konnte zum Lokal „Zum Bierkrug". Er klopfte an die Tür. Mona erschien: „Wir haben geschlossen. Mein Lokal macht erst 18.00 Uhr auf."

„Mona, lasse mich rein. Es ist etwas Schlimmes passiert." sprach Martin mit besorgtem Gesicht. Mona machte die Tür einen Spalt auf, schaute sich um und ließ Martin schließlich hinein.

„Was ist los? Du störst!" wollte Mona wissen. Sie war nur sehr spärlich bekleidet. Sie hatte ein fast durchsichtiges Negligee an. Auch war sie wieder sehr auffällig geschminkt. Da hörte Martin aus einem Hinterzimmer eine männliche Stimme: „Wer stört uns hier?!" Ein Mann in Martins Alter erschien nur mit einem Slip bekleidet. Er sah Martin an und fragte: „Kann man hier nicht mal in Ruhe vögeln?"

„Geh wieder ins Zimmer. Ich komme gleich. Dann bekommst du was du willst." rief Mona, zuckte mit den Schultern und sprach zu Martin: „Ich will auch in meinem Alter noch etwas Spaß haben."

„Klausi ist tot. Er wurde bestialisch umgebracht, nachdem ich mit ihm gesprochen hatte." erklärte Martin.

„Das ist ja schrecklich. Und was habe ich mit ihm zu tun?" fragte Mona.

„Verstehst du nicht? Ich habe mit ihm gesprochen und danach ist er tot." Martin war ganz aufgeregt.

„Falls mich jemand fragt, warst du nur als Gast hier. Ich glaube nicht, dass man uns hier belästigt. Klausi könnte eine Warnung sein. Du verstehst natürlich, dass ich nichts mehr weiß!" sprach Mona.

„Kann ich noch kurz mit Lilo reden?" fragte Martin.

„Wenn sie mit dir reden will, bitte!" sagte Mona und wies nach oben.

Martin ging langsam die Treppe rauf und klopfte leicht an Lilo ihre Tür. Nichts regte sich. Martin klopfte erneut. Wieder passierte nichts. Nun wurde Martin langsam ungeduldig. Er klopfte nun etwas lauter und rief: „Lilo mach auf. Ich muss mit dir reden."

Martin hörte jetzt wie die Tür aufgeschlossen wurde. Lilo zeigte sich und winkte Martin hinein.

„Was willst du hier? Es ist vormittags. Irgendwann muss ich auch mal schlafen!" sprach Lilo. Sie sah auch sehr verschlafen und ungeschminkt aus. Sie setzte sich auf ihr Bett. Martin setzte sich neben sie.

„Lilo, du bist in Gefahr. Klausi, du kennst den kleinen Gauner, ist tot, kurz nachdem ich mich mit ihm getroffen habe." sagte Martin. Lilo legte ihren Arm um Martin seine Schulter.

„Du hast wohl Angst um mich?" fragte sie.

„Ja, natürlich habe ich Angst. Nach allem, was du für mich getan hast!" sagte Martin.

Lilo fuhr mit ihrer Hand durch Martins Haar und gab ihm einen Kuss. „Ja, ich kenne Klausi. Er bringt mir manchmal ein paar Aufmunterer. Das ist ja furchtbar." meinte Lilo.

„Ja, das ist furchtbar. So einen Tod hat er nicht verdient." meinte Martin.

Da klopfte es an der Tür. Lilo schaute zu Martin. Dieser zuckte mit den Schultern und griff in seine Seitentasche, in welcher er seine Waffe hatte. Lilo stand auf und rief: „Ich empfange jetzt niemanden."

„Ich bin es, Mona!" rief es von draußen.

Martin nahm seine Hand aus der Tasche. Lilo stand auf, ging zur Tür und machte sie schließlich auf. Sie hatte die Tür noch nicht ganz geöffnet, da half von außen jemand nach. Ein Mann kam herein. Er war wie ein Rocker gekleidet, Lederanzug, viele Nieten und Sonnenbrille. In der rechten Hand hielt er eine Pistole.

„Ganz ruhig. Und leg die Hände auf deine Knie, so dass ich sie sehen kann." sprach er an Martin gewandt. Martin tat, wie ihm geheißen.

„So, du kleiner Bulle. Ich tue euch nichts, auch deinen Freundinnen hier passiert gar nichts. Nur, falls du versuchst etwas Unvorsichtiges zu machen oder weiter herumschnüffelst. Dann könnten wir es uns anders überlegen. Verstanden? Gut. Haltet euch gefälligst aus allem raus. Klausi war einfach nur unvorsichtig. Er hat zu viel herumgeschnüffelt. Du suchst nach deiner kleinen Anja? Du suchst also was Ausgefallenes!" der Mann fing an, dreckig zu lachen, „Na gut, wenn du meinst. Nur so viel, sie ist in Sicherheit. Wenn du was Gutes für sie tun willst, dann finde den Mörder von Susi. Damit haben wir nichts tun." sprach der Rocker.

„Warum sollte ich dir glauben?" fragte Martin.

„Wenn unsere Huren so sterben, dann ist das nicht gut für das Geschäft. Hier sind ganz andere am Werk. Auch keine Konkurrenz. Unsere ganze Branche ist in Gefahr. Deswegen haben wir auch deine Anja weggeschafft." erklärte der Rocker.

„Wer könnte das sein?" fragte Martin.

„Wir wissen es auch nicht genau. Aber es gibt Leute, die mögen unser Geschäft gar nicht. Wir sind ihnen nicht anständig genug. Damen und Herren, die so ihr

Geld verdienen, sind für sie Todsünde. Du verstehst?"
der Rocker zeigte zu Mona und Lilo.

„Also sind Mona und Lilo auch in Gefahr?" fragte
Martin.

„Vorerst, glaube ich, sind sie außer Gefahr. Es wird zu
unruhig hier. Das könnte die Mörder gefährden. Aber
später...?" der Rocker zuckte mit den Schultern.

„Was passiert nun?" wollte Martin wissen.

„Ich lasse euch gehen. Euch passiert gar nichts. Ihr
gebt mir eure Handys. Ich schließe hier die Tür zu und
verschwinde. Bis ihr draußen seid, bin ich weit weg.
Und das auf Nimmerwiedersehen. Solltest du nach
uns suchen, könnten Lilo und Mona, so aus Versehen,
einen schrecklichen Unfall erleiden." der Rocker
machte ein unschuldiges Gesicht.

„Und was ist mit der Drohung an mich?" fragte
Martin.

„An dich haben wir keine Drohung geschickt. Damit
haben wir nichts zu tun. Wir wollen hier Ruhe haben.
Klausi sein Tod war auch gedacht, den Mördern von
Susi die Suppe zu versalzen. Es war auch eine
Warnung an sie." sprach der Rocker.

„Gut. Ich werde dich nicht verfolgen. Und du lässt
Anja, Mona und Lilo in Ruhe. Ich werde nun in eine
andere Richtung, was Susi betrifft, ermitteln." sagte
Martin.

Martin, Mona und Lilo gaben nun dem Rocker ihre Handys. Er nahm sie und verstaute sie in seine Jackentasche. Dann ging er langsam und vorsichtig rückwärts zu Tür. Er ließ Martin, Mona und Lilo nicht aus den Augen. „Denkt immer an Klausi sein Schicksal!" sagte er noch im Gehen. Dann verschloss er die Tür von außen. Man hörte nur noch ein paar eilige Schritte.

5.

Langsam verging die Zeit. Im Revier von Bad Wuhlau hörte man schon einige Wochen nichts von diesen Fällen. Seitens des LKA herrschte Totenstille. Martin und Molwitz versuchten mehrmals, etwas vom LKA zu erfahren. Aber nichts geschah. Es sah bald so aus, als würde alles im Sande verlaufen. In Bad Wuhlau ging unterdessen alles seinen alten gewohnten Trott. Im Revier kümmerte man sich um kleinere Schlägereien, Diebstähle und kleinere Drogendelikte. Im Rotlichtviertel war ebenso alles ruhig. Es geschah also nichts Aufregendes. Martin frustrierte dies allerdings. Das Mädchen Anja aus dem Supermarkt ging ihm nicht aus dem Kopf. Er konnte und wollte sie nicht vergessen. Manchmal, wenn der Frust wieder einmal zu schlimm war, ging er zu Lilo. Bei ihr fand er immer Trost. Manchmal ging er nur zum Reden, aber manchmal wurde es auch mehr. Beide verband eine Zuneigung zueinander. Er, der junge noch nicht einmal 30jährige Polizist und sie, die 50jährige Prostituierte waren befreundet.

Eines Tages, Martin, Molwitz und Melinda saßen wie so oft zusammen, kamen zwei Herren ins Revier.

„Guten Tag, ich bin Hauptkommissar Krieger und dies Oberkommissar Herzog. Wir kommen vom Bundeskriminalamt. Wir möchten Herrn Molwitz sprechen." sprach einer der Herren.

„Das bin ich. Was gibt es?" sagte Molwitz.

„Können wir allein mit ihnen reden?" sprach Hauptkommissar Krieger.

„Natürlich. Kommen sie in mein Büro." Molwitz stand auf und öffnete die Tür zu seinem Büro. Alle Drei gingen hinein. Beim Gehen sah Molwitz Martin an und zuckte nur kurz mit den Schultern. Nach fünf Minuten öffnete Molwitz die Tür und rief: „Martin, komm bitte mal herein."

Martin ging in das Büro und stellte sich an eine kleine Flachstrecke.

„Junger Mann, sie haben doch vor ein paar Wochen mit an dem Fall der toten Prostituierten gearbeitet? Außerdem gab es da noch den Mord an dem kleinen

Gauner." sprach der Mann, der sich als Hauptkommissar Krieger vorstellte.

„Ja, das stimmt. Was kann ich für sie tun?" fragte Martin.

„Nichts Besonderes. Wir wollen nur noch einmal ein paar Dinge von Ihnen hören." sagte Oberkommissar Herzog.

„Warum? Das steht doch alles in den Akten. Mehr weiß ich auch nicht." sagte Martin.

„Die Akten kennen wir. Was wir nicht wissen ist, was sie und dieser Mann hier in einer gewissen Villa besprochen hatten." Krieger zeigte Martin ein Bild. Auf dem war der Rocker zu sehen, welcher ihn, Lilo und Mona im Lokal „Zum Bierkrug" vor ein paar Wochen festhielt.

„Wenn sie uns etwas verschweigen, kann dies schwere Folgen für ihre Karriere haben. Ich würde ihnen raten, dass sie uns alles erzählen." sagte Herzog.

Martin holte tief Luft, überlegte kurz und fing an ausführlich über das Geschehen zu erzählen. Zum Schluss sagte er noch: „Der Rocker machte indirekt eine Drohung, dass das Leben von Anja Fiebritz, Lilo und Mona gefährdet ist, falls ich weiter ermittle. Mit der Übernahme des LKA hatten sich meine Ermittlungen dann eh erledigt."

„Was ist mit dem Mann?" wollte Molwitz nun wissen.

„Er ist tot. Kurz bevor er starb, gab er uns einen Hinweis zu Ihrem Gespräch mit ihm. Zu Ihrer Information noch so viel, dass es einen weiteren Mord mit der gleichen Waffe gab, wie bei der kleinen Nutte hier. In Hamburg wurde ein männlicher Prostituierter mit der gleichen Waffe erschossen. Deswegen wurden nun auch wir, das BKA, eingeschaltet." erklärte Krieger.

„Mit dem gleichen Gewehr?" fragte Molwitz nun erstaunt.

„Die forensischen Untersuchungen sind eindeutig. Der Mann wurde aus 200 Meter genau ins Herz getroffen." sagte Herzog.

„Das Ganze könnte der Beginn eines bundesweiten Bandenkrieges sein oder irgendein verrückter Serienmörder geht um. Wir wissen noch nichts Genaues." meinte noch Krieger.

Martin sah Molwitz an. Der zuckte nur kurz mit den Schultern.

Martin sprach dann zu Krieger: „Haben Sie konkrete Hinweise zu einem Bandenkrieg? Hier, in unserem beschaulichen Bad Wuhlau, hatten wir noch nie solche Probleme. Bandenkrieg! Hier bei uns gab es nie Morde aus einem solchem Milieu?"

„Genaueres wissen wir auch noch nicht. Aber es fällt schon auf." sprach Herzog.

„Na gut, " sagte Krieger, „das war alles, was wir von Ihnen wissen wollten. Dass Sie über unser Gespräch zu schweigen haben, erübrigt sich zu erwähnen." Krieger wollte aufbrechen.

„Was ist mit Anja Fiebritz?" fragte nun Martin noch.

„Was soll mit ihr sein?" fragte Krieger.

„Na ja, sie wurde Hals über Kopf von hier weggeschafft, weil sie gefährdet war. So wie ich das verstehe, ist sie immer noch gefährdet. Werden Sie nach ihr suchen?" fragte Martin.

„Wer weiß, wo die Nutte hingeschafft wurde. Warum sorgen Sie sich um sie?" fragte Herzog.

„Was mein Kollege andeuten will", mischte sich Molwitz ein, „Wenn ein Mensch in Gefahr ist, sollte man schon etwas unternehmen."

„Wir wissen nichts über sie. Sie könnte überall in Europa sein. Wir werden eine Fahndung herausgeben. Aber ich mache Ihnen keine großen Hoffnungen. Vielleicht lebt sie auch schon nicht mehr." sprach Herzog eiskalt.

Martin wollte aufbrausen. Aber Molwitz hielt ihn zurück. Dann verabschiedeten Krieger und Herzog sich und verließen das Revier.

Als die Beiden gegangen waren, sah Molwitz Martin an und schüttelte mit dem Kopf und sagte: „Mensch Martin, was soll das?"

„Sie ist doch auch ein Mensch. Man kann sie doch nicht einfach so ihren Mördern überlassen!" sprach Martin aufgeregt.

„Natürlich ist sie ein Mensch. Aber sie ist eine Nutte. Was willst du überhaupt von der? Du hast dich doch nicht etwa in die verguckt?" fragte Molwitz.

„Ich will einfach nur, dass ihr nichts passiert. Auch wenn sie eine Prostituierte ist, hat sie ein Recht auf ein sicheres Leben! Oder etwa nicht? Vielleicht kann ich sie finden?" Martin schaute Molwitz an.

„Ich verbiete dir, diese kleine Prostituierte zu suchen! Hast du verstanden?" Molwitz wurde nun langsam laut.

„Molwitz, ich will doch nur..." begann Martin, aber Molwitz unterbrach ihn: „Du lässt die Finger von diesem Fall! Wir sind da raus. Kümmere dich lieber um die Einbrüche im Kurhotel. Da hast du genug zu tun."

6.

Die Tage und Wochen vergingen wieder. Im beschaulichen Bad Wuhlau wurde es wieder ruhiger. Martin kümmerte sich um die alltäglichen Dinge. Ab und zu war er wieder Gast im Lokal „Zum Bierkrug". Er besuchte dort Lilo und beide hatten wie jedes Mal etwas Spaß miteinander. Molwitz freute sich, dass Martin die Prostituierte Anja scheinbar vergessen hatte. Seitens des BKA kam auch keine Nachricht. Eines Tages kam Martin nachts von einem Besuch bei Lilo nach Hause. In seinem Briefkasten fand er einen kleinen Briefumschlag. Als er ihn öffnete, lag darin ein kleines Foto von der Prostituierten Anja. Er schaute weiter nach, fand aber nichts, keine schriftliche Nachricht, nichts. Er ging aus dem Hausflur auf die Straße und sah sich um. Er sah aber niemanden. Die Straße war wie leergefegt. Der Briefumschlag lag also schon länger in seinem Briefkasten. Immer wieder betrachtete er das Foto. Langsam ging er die Treppe zu seiner Wohnung hinauf. In der Wohnung angekommen entledigte er sich seiner Kleidung und setzte sich etwas ratlos langsam auf die Kante seines Bettes. Nach ein paar Minuten ging er in die Küche und machte sich einen Kaffee. Er ging damit in sein Schlafzimmer. Wieder und wieder schaute er sich das Bild von Anja an. Dann nahm er sein Smartphone und wollte Molwitz seine Nummer wählen. Bei der dritten Zahl hörte er auf und beendete dies. Dann legte er das Bild auf seinen Nachttisch. Nachdenklich starrte er an die Decke. Dabei schlief er ein.

Am nächsten Morgen wachte Martin erschrocken vom Klingeln des Weckers auf. Noch etwas benommen schaute er auf die Uhr. Es war 6.30 Uhr wie jeden Morgen. Er lag noch immer halb nackt im Bett. Noch immer etwas benommen sah er auf seinen Nachttisch. Dort lag das Bild von Anja. Er hatte also nicht geträumt. Schnell stand er auf und machte sich im Bad frisch. Nach der Dusche aß er schnell noch etwas und eilte zum Büro. Das Bild von Anja nahm er mit.

Im Büro angekommen war Molwitz wie immer schon da. Martin grüßte kurz und nahm sich einen Kaffee. Dann holte er das Bild aus seiner Tasche und hielt es Molwitz hin.

„Wer ist das?" fragte Molwitz und sah Martin mit hochgezogenen Augenbrauen an.

„Anja!" antwortete Martin kurz.

„Wo hast du das plötzlich her?" wollte Molwitz wissen.

„Es lag gestern Abend bei mir im Briefkasten." sagte Martin.

Molwitz schaute Martin nun noch erstaunter an. Nach kurzem Überlegen legte er das Bild einfach auf seinen Schreibtisch. Dann schaute er Martin an und fragte: „Was ist mit dem Einbruch im Schreibwarenladen? Sind die Spuren ausgewertet?"

„Hast du nicht gehört? Das Bild von Anja lag bei mir im Briefkasten!" rief Martin aufgebracht.

„Habe ich! Ich habe dir aber auch gesagt, dass du die Finger davon lassen sollst!" meinte Molwitz.

„Aber..." fing Martin an.

„Kein Aber! Hast du nicht mitbekommen, was das hier ist? Das hier ist kreuzgefährlich!" Molwitz wurde nun auch etwas laut.

„Dass dieses Bild bei mir im Briefkasten war, zeigt doch, dass sie Hilfe braucht! Das ist doch ein Hilferuf!" rief Martin.

„Hilferuf? Kann sein. Du hast dich verrannt. Du hast dich in diese kleine Hure verknallt! Das ist deine Sache. Ich weiß auch, dass du oft Gast bei dieser Lilo bist. Das gefällt mir nicht. Ein Polizist, welcher Stammgast bei einer Nutte ist. Das schadet unserem Ruf. Gerade hier in einer kleinen Stadt. Das muss auch aufhören! Verstanden?" rief Molwitz.

„Das ist ganz allein meine Privatangelegenheit!" entgegnete Martin. Inzwischen kam Melinda ins

Büro. Sie sah erstaunt zu den beiden Männern: „Was ist denn hier los?"

„Das war in meinem Briefkasten!" sagte Martin und hielt Melinda das Bild hin.

„Wer ist das?" fragte Melinda und setzte sich auf ihren Stuhl.

„Das ist Anja!" sagte Martin.

„Wer hat das bei dir in den Briefkasten gesteckt?" fragte Melinda nun.

Martin zuckte mit den Schultern und sagte: „Keine Ahnung. Woher soll ich das wissen? Es war einfach darin."

Molwitz lachte kurz auf und sprach: „Martin meint, es wäre ein Hilferuf!"

„Ja genau!" rief nun Martin.

„Das kann schon sein. Umsonst ist es ja nicht in seinem Briefkasten!" meinte Melinda.

„Genau!" rief Martin noch einmal und nahm sich einen Kaffee. Er hielt die Kanne Melinda hin. Sie nickte kurz und Martin schenkte ihr ebenfalls einen Kaffee ein.

„Und was willst du nun tun?" fragte Melinda.

„Ich weiß nicht genau. Irgendjemand hat mir das Bild zugesteckt. Ich müsste jetzt als erstes feststellen, wer dies war!" sprach Martin.

„Genau. Du solltest das Bild auf Fingerabdrücke untersuchen lassen!" sagte Melinda.

„Ihr seid beide verrückt geworden! Hier geht es um die Mafia. Und wer weiß, wer diese Morde verübt. Das ist eine Nummer zu groß für uns!" rief Molwitz.

„Martin hat sich nun mal in diese Prostituierte verliebt. Sie sieht ja auch hübsch aus." sprach Melinda und lächelte. Martin sah sie an und nickte mit dem Kopf.

Molwitz lachte leise auf und schüttelte den Kopf. Er sah Martin und Melinda an und sprach: „In eine Hure verliebt! Das kann ja heiter werden. Ach, macht ihr doch was ihr wollt! Die normale Arbeit darf aber nicht darunter leiden! Verstanden?"

Martin nickte heftig: „Versprochen!"

Melinda lächelte: „Ich werde dir etwas helfen! Gib mir das Bild. Ich werde es in die KTU schicken. Mal sehen, was die herausbekommen."

7.

Am nächsten Tag kam das Ergebnis aus der Kriminaltechnik zu dem Bild. Es enthielt außer den Fingerabdrücken von Martin, Melinda und Molwitz noch zwei verschiedene Abdrücke. Auf einem waren

auch winzige Reste eines Lippenstiftes. Melinda
bekam es per Mail. Melinda sah sich das Ergebnis an.
Beide Abdrücke konnten zugeordnet werden.

„Sieh mal einer an. Die Abdrücke sind laut Datei
von...? Rate mal!" sprach Melinda und lächelte.

„Gib mir das Ergebnis!" sagte Martin in einem
Befehlston.

„Nein, ich habe es bekommen!" sagte Melinda.

„Komm, sag schon!" forderte Martin.

„Lieselotte Werner." Melinda grinste.

„Lilo?" rief Martin verdutzt.

„Offensichtlich hat sie Kontakt zu deiner Anja." sagte
Melinda.

„Ich werde sofort zu ihr gehen!" sagte Martin und
wollte das Büro verlassen.

Da kam Molwitz herein: „Wohin willst du gehen?"
Melinda gab ihm das Ergebnis der KTU. Molwitz sah
sich dies an und sagte nur: „Ihr habt also Hinweise zu
einer vermissten Person? Dem musst du natürlich
nachgehen."

Martin sah Molwitz dankbar an und verließ nun eilig
das Polizeirevier. Ein paar Minuten später stand er
vor der Kneipe „Zum Bierkrug". Martin klingelte. Wie
zu erwarten gab es keine Reaktion. Es war
vormittags. Die Kneipe hatte geschlossen. Nun
klopfte Martin heftig.

Da hörte er wie das Schloss geöffnet wurde. Mona erschien.

„Du schon wieder? Was ist los? Wir haben geschlossen." sagte sie.

„Ich muss zu Lilo!" sprach Martin kurz angebunden.

„Das geht nicht. Ich habe sie heute früh um 5.00 Uhr noch mit einem Herrn gesehen. Irgendwann muss sie ja auch mal schlafen." sprach Mona und wollte die Tür wieder schließen. Martin reagierte schnell und stellte seinen rechten Fuß dazwischen.

„Ich muss zu ihr. Lass mich durch. Zwing mich nicht zu mehr!" meinte Martin nur.

Mona schaute Martin an und ließ ihn dann herein. Martin ging schnell die Treppe hinauf zu Lilo ihrem Appartement. Dort angekommen klopfte er heftig an die Tür. Er hörte von innen schlürfende Schritte. Lilo öffnete und ließ Martin hinein.

„Komm herein!" sagte Lilo kurz und schloss hinter Martin die Tür. „Ich habe dich erwartet!"

„Hast du mir dieses Bild in den Briefkasten gesteckt?" fragte Martin und hielt Lilo das Bild unter die Augen. Lilo sah Martin an und lächelte. Dann streichelt sie mit ihrer linken Hand übers Haar und sprach: „Du warst lange nicht mehr hier. Sonst kommst du mindestens einmal pro Woche. Du vernachlässigst mich. Glaubst du mit diesen besoffenen Kerlen hier macht es Spaß? Deren Pimmel sind für mich das Gleiche, wie für einen Bauarbeiter der Spaten. Nur Werkzeuge, um Geld zu verdienen!"

„Hör auf! Sag mir lieber, ob du Kontakt zu Anja hast?" wollte Martin wissen.

„Ja, hatte ich!" antwortete Lilo.

„Wo ist sie?" wollte Martin nun wissen.

„Das weiß ich nicht genau. Sie hat mir dieses Foto mit einem Kurier geschickt. Das war schon gefährlich genug. Wahrscheinlich ist sie jetzt wieder woanders. Sie wird zurzeit wohl in ganz Europa herumgereicht. Zuletzt war sie in Antwerpen." erläuterte Lilo.

„Antwerpen? Und jetzt?" Martin ließ nicht locker.

Lilo sah Martin an und sprach: „Schau Martin. Es ist schon ein Wunder, dass sie dich kontaktet. Normalerweise machen das die Mädels nicht. Sie muss sich also auch ein bisschen in dich verguckt haben. Und sie will wahrscheinlich raus aus dem Milieu. Aber du kannst nicht einfach aussteigen. Das wäre dein Tod. Die Mädels haben gar keine Wahl mehr. Sie sind einmal in die Mühle geraten und nun müssen sie darin bleiben. Es gibt Nutten, welche gerne eine Nutte sind. Sie haben Spaß am Vögeln. Die machen das ganz freiwillig, um Geld zu verdienen. Warum auch nicht? Bei Anja ist das allerdings nicht so. Sieh mich an! Seit dreißig Jahren vögle ich mit allen möglichen Kerlen rum. Es müssen schon tausende gewesen sein. Ich habe mich daran gewöhnt. Bis du in mein Leben kamst. Das war irgendwie anders. Mit dir macht Sex richtig Spaß. Du nimmst auch auf meinen Spaß Rücksicht. Aber ich kann nicht mehr raus und will auch gar nicht mehr. Und Anja? Sie ist noch jung. Wenn sie raus käme aus diesem Scheiß, könnte sie noch ein normales Leben führen. Selbst in ihrer Situation."

„Was meinst du mit Situation? Meinst du, dass sie herumgereicht wird wie ein Spielzeug?" fragte Martin.

„Nein, das meine ich nicht. Aber..., ach ich erzähle schon viel zu viel. Nur so viel, dass sie raus will. Und sie hofft, dass du ihr helfen wirst." sagte Lilo.

„Natürlich will ich ihr helfen, aber ich komme nicht an sie heran. Wie soll ich von hier aus ihr helfen?" Martin sah Lilo hilflos an.

„Ja, das ist schwierig. Ich weiß auch nicht alles, aber irgendetwas ist im Gange. Die Mafia ist nervös geworden. Irgendeine Organisation muss aufgetaucht sein, welche hier alles durcheinander bringt und gefährdet. Die Mafia schaut da nicht tatenlos zu." sprach Lilo.

„Will hier jemand anderes das Geschäft übernehmen?" fragte Martin.

„Ich weiß es nicht. Auf jeden Fall haben wir Angst."
sprach Lilo.

„Ich werde noch einmal mit Molwitz reden. Wenn du
was erfährst, sage mir bitte Bescheid! Okay?" Martin
sah Lilo bittend an.

Lilo lächelte und sprach: „Tu ich. Pass auf dich auf."

Martin nickte und sagte: „Pass auch du auf dich auf."

Lilo streichelte Martin übers Haar. Sie hatte feuchte
Augen. Dann gab sie ihm einen Kuss und sagte: „Jetzt
geh!"

Martin stand auf, nickte Lilo zu und verließ das
Appartement.


8.

Als Martin wieder im Büro ankam, rief ihn Molwitz
sofort in sein Zimmer. Martin ging und setzte sich.

„Es ist wieder etwas passiert", begann Molwitz, „in
Strasbourg wurde wieder ein Mord verübt. Das BKA
hat mich soeben informiert. Sie wollen auch mit dir
reden. Mehr weiß ich auch nicht."

„Strasbourg? Was haben wir mit denen zu tun. Das ist
in Frankreich!" sprach Martin erstaunt.

„Ja. Elsass-Lothringen, direkt an der Grenze zu
Deutschland. Aber, wie gesagt, ich weiß auch nicht

mehr. Die Herren kommen in der nächsten halben Stunde. Bleib also hier im Revier!" sagte Molwitz.

„Gut, ich bin im Büro." Martin stand auf und ging in sein Büro. Dort saß Melinda. Als Martin eintrat, reicht sie im zwei Zettel hin und sprach: „Hier sind zwei Anzeigen wegen Sachbeschädigung. Mehrere Autos wurden mutwillig zerkratzt und einige Autoreifen zerstochen. Alle Wagen stehen in der Parkstraße."

„Dafür habe ich jetzt keine Zeit. In einer halben Stunde kommen zwei Herren vom BKA und wollen mit mir reden. Molwitz hat mir das gerade mitgeteilt." sprach Martin und ging zur Kaffeemaschine und goss sich einen Kaffee ein. Mit hörbarem Schlürfen nahm er einen Schluck. Dann verzog er die Miene, schaute zu Melinda und sprach: „Was ist das für Kaffee? Der schmeckt ja wie Abwaschwasser!"

„Der war im Supermarkt im Angebot. Ich habe gleich zwei Tüten davon gekauft." sagte Melinda.

„Den können die Kollegen vom BKA trinken. Ich gehe schnell zum Bäcker und hole mir einen anderen Kaffee. Der schmeckt dort wenigstens." meinte Martin und verließ das Büro. Melinda schaute ihm kopfschüttelnd nach. Sie nahm aus ihrer Tasse einen Schluck, verzog ebenfalls die Miene und sagte zu sich selbst: „Naja, nicht wie Abwaschwasser, mehr wie Fußbad."

Nach fünfzehn Minuten kam Martin wieder. Molwitz fing ihn sofort ab und bat ihn in sein Zimmer. Dort saßen ein Mann und eine Frau.

„Hauptkommissar Krieger kennst du bereits. Die Dame ist Frau Catia Camara, Psychologin von Europol."

Hauptkommissar Krieger sah zu Molwitz und sprach: „Herr Molwitz, wir möchten mit Herrn Jakubowski allein sprechen."

Molwitz sah erstaunt Krieger an und sprach dann etwas ungehalten: „Wie Sie wollen." Martin setzte sich unterdessen und sah Krieger mit hochgezogen Augenbrauen an. Als Molwitz den Raum verlassen hatte, sprach Frau Camara Martin mit französischen Akzent an: „Zunächst, alles, was wir nun hier besprechen, bleibt geheim. Auch ihren Mitarbeitern und Vorgesetzten gegenüber. Ist das klar?" Nachdem Martin genickt hat sprach Frau Camara weiter: „Also junger Mann, wir möchten Ihnen eine Frage stellen. Wir gründen eine europäische Sonderkommission, welche sich mit den verschiedenen Morden an Prostituierten in Europa beschäftigen soll. Wollen Sie dabei mitarbeiten?"

Martin sah erstaunt erst Krieger und dann Frau Camara an. Er räusperte sich kurz und sprach dann: „Ja. Das würde ich gern."

Frau Camara sprach darauf: „Gut, schön. Dann hier noch ein paar Fakten. Die Morde haben sie hier mit untersucht. Dann gab es den Mord in Hamburg und nun gibt es einen Mord an einem Pornofotografen in Strasbourg. Sie werden sich fragen, was das alles miteinander zu tun hat? Nicht wahr?"

Nun sprach Krieger: „Wir denken, dass es dabei einen Zusammenhang gibt. Es scheint so, dass es eine Organisation oder Gruppe gibt, welche die Rotlichtszene in ganz Europa aufmischen will. Informanten sagten uns, dass auch Drohschreiben und Morddrohungen im Spiel sind. Es gibt auch einen weiteren Mord. Er ist noch nicht daraufhin untersucht worden. Ein Drogenhändler in Lissabon wurde vor einem halben Jahr auf offener Straße erschossen. Alle Toten wurden mit demselben Gewehr erschossen, außer der Kleinkriminelle Klaus Bienert. Was diese Organisation ist oder will, wissen wir noch nicht."

Martin überlegte kurz und fragte dann: „Warum ich?"

Frau Camara antwortete: „Erstens haben Sie hier bei dem Mord mit ermittelt. Und zweitens hatten Sie Kontakt zu der vermissten Prostituierten Anja

Fiebritz. Wir wissen, dass diese Anja auch bedroht wurde. Wir befürchten, wenn der Druck auf die Mafia zu groß wird, dass sie diese Anja fallen lassen und einfach opfern. Sie ist also in Gefahr."

Martin traute den Aussagen nicht. Er schaute Krieger an und sprach: „Wollen Sie Anja als Lockvogel benutzen?"

Krieger grinste: „Hören Sie. Mir ist es scheißegal, ob Sie sich in diese kleine Nutte verknallt haben. Das ist ihre Sache. Aber wir müssen mehr über diese Organisation erfahren. Wo kommen diese Leute her? Was ist ihr Ziel? Was ihre Motivation? Welche Schmuggelwege benutzen sie? Von Lissabon bis Hamburg wurde immer dieses eine Gewehr benutzt. Das sieht schon fast wie ein Ritual aus. Oder ist es nur ein Einzeltäter, welcher in der gesamten EU unterwegs ist, um Nutten und Pornovertreter umzubringen? Das ist zwar unwahrscheinlich, aber nicht gänzlich ausgeschlossen. Auf jeden Fall ist Ihre kleine Hure in Lebensgefahr!"

Martin schaute Krieger wütend an: „Für Sie ist Anja nur eine Hure, eine Nutte, unbedeutend und wertlos. Für mich ist sie ein Mensch, welcher Angst hat. Das ist der einzige Grund, warum ich bei Euch mitmache. Ich werde allerdings nichts unternehmen, was Anja in Gefahr bringt. Das sollten Sie wissen!"

Frau Camara nickte kurz und sprach: „Gut. Natürlich ist Anja Fiebritz ein Mensch. Ich entschuldige mich für Herrn Krieger."

„Das kann er wohl nicht selbst?" fragte daraufhin Martin und schaute Krieger an.

„Entschuldigung!" sprach Krieger betont langsam. Martin winkte ab. Frau Camara erhob sich und sprach: „Gut Herr Jakubowski. Sie hören von uns. Mit Herrn Molwitz sprechen wir. Sie bekommen von uns Bescheid."

„War's das?" fragte Martin. Krieger nickte nur. Martin erhob sich nun ebenfalls und verließ ohne einen Gruß den Raum.

„Wir müssen auf ihn aufpassen!" sprach Krieger.

„Warum sind Sie so unfreundlich? Wir brauchen Ihn. Nicht nur diese kleine Prostituierte, sondern auch er ist ein Lockvogel. Er weiß es nur noch nicht." sprach Catia Camara. Krieger nickte.

Da klingelte Catia Camara ihr Handy. Sie schaute nach. Sie hob ihre Augenbrauen und schaute zu Krieger: „Ich habe hier eine Nachricht. Der portugiesische Geheimdienst hat uns Unterlagen gesandt. Es gibt Hinweise, dass die Mörder aus religiösen Gründen morden. Es handelt sich wahrscheinlich um eine weltweite Organisation, welche massiv gegen, ihrer Meinung nach, gottloses

Leben vorgehen will. Das heißt, sie bekämpfen das Rotlichtgeschäft sowie Homosexuelle, Transsexuelle und andere. Die Morde wären erst der Anfang."

9.

Es war kalt. Es schneite schon seit mehreren Stunden ununterbrochen. Die Thermometer zeigten in der ganzen Stadt 12 Grad unter null. Das sind für die Stadt Trondheim an der norwegischen Küste normale Temperaturen im Januar. Die Sonne geht hier schon kurz vor 15 Uhr unter und erst nach 9 Uhr morgens auf. Trondheim war die alte Hauptstadt vom Königreich Norwegen. Heute ist sie nur eine Provinzstadt. Aber im Hafenviertel von Trondheim ist immer Betrieb. Gerade legte ein Postschiff in Richtung Kirkenes, ganz oben im Norden Norwegens gelegen, ab. Die Postschiffe waren mitunter die einzige Verbindung zu kleinen Häfen an der Küste. Im Zentrum von Trondheim war der Nidaros-Dom. Sie war eine imposante Kathedrale. Ganz in der Nähe gab es eine kleine Taverne. Lautes Gelächter und Stimmen drangen bis auf die Straße. In der oberen Etage brannte in sämtlichen Zimmer sehr diffuses und gedämpftes Licht. In einem der Zimmer waren hitzige Stimmen zu hören. Ein Mann schrie: „Ich wollte eine Transe mit einem Pimmel und nicht solch eine Nutte. Ich habe viel Geld dafür bezahlt. Ihr Betrüger." Der Mann war stark angetrunken. Die Prostituierte, sie war noch sehr jung, ging verängstigt in die hinterste Ecke ihres Appartements. Der angetrunkene Mann ging langsam auf sie zu. Dann holte er aus und schlug ihr mit der flachen Hand ins Gesicht. Die junge Frau schrie laut auf. Der Mann wollte noch einmal ausholen. Da riss ein großer, kräftiger Kerl die Tür auf, stürzte herein und schnappte sich den betrunkenen Mann. Dieser wollte sich wehren, hatte aber gegen diesen riesigen, sehr kräftigen Mann keine Chance. Er wurde einfach von hinten geschnappt und aus dem Raum gezerrt. Die junge Prostituierte setzte sich noch ganz benommen auf ihr Bett und fing plötzlich an zu weinen. Da ging die Tür wieder auf und der kräftige Kerl kam herein. Er sah zu der jungen Frau, schnappte ein Handtuch und hielt es ihr hin.

„Steh auf und sieh mich an!" befahl der Kerl.

Die junge Frau stand auf. Der Mann beäugte ihr Gesicht von allen Seiten. Dann sprach er: „Ist nicht weiter schlimm. Mach dich kurz frisch und dann geht es weiter. Unten warten noch ein paar."

„Die sind doch alle voll. Warum tust du mir das an?" die junge Frau weinte immer noch.

„Warum? Weil du eine verdammte Hure bist und weil ich das sage!" schrie der Mann sie an.

„Bitte Ove, heute bitte nicht mehr!" flehte die junge Frau.

„Guiseppe Romano aus Brindisi hat dich mir gegeben, Anja. Zwei Wochen gehörst du mir. Und die sind noch nicht rum. Ich muss auch abrechnen. Nur noch eine Woche, dann bist du wieder in einem anderen Loch. Solange wirst du hier die Beine breit machen, so oft und so lange ich will. Verstanden?" brüllte Ove.

„Bitte Ove, bitte heute nicht mehr. Ich mache auch alles was du willst." flehte die junge Frau noch einmal.

Ove schaute Anja mit wütender Miene an und schrie: „Womit habe ich das nur verdient? Nur weil irgendwelche Idioten hinter dir her sind, und du nicht mehr in den großen Städten anschaffen sollst, muss ich dich hier nehmen. Warum sie dich noch schützen und dich nicht einfach in den Ozean schmeißen ist mir zu hoch. Nur weil du etwas anders bist als die anderen Huren, kann man mit dir etwas mehr Geld verdienen. Für Nutten wie dich gibt es einen großen Markt." Ove holte tief Luft und sprach weiter: „Also gut, für heute ist Schluss. Aber morgen holst du das nach. Unten sind zwei Kerle, die wollen dich beide zugleich. Ich werde sie für den Dreier auf morgen vertrösten. Und das mir dann keine Beschwerden kommen. Sonst vergesse ich mich." Ove verließ mit knallender Tür das Zimmer.

Anja legte sich aufs Bett und fing wieder an zu weinen. Sie dachte an Bad Wuhlau. Deutlich sah sie Martin sein Gesicht vor den Augen. Dieser Mann war der erste seit Jahren, der nett zu ihr war. Sie hoffte, dass ihr Bild bei ihm ankam. Der junge Kurier Antonio, ein italienischer Junkie, welcher für ihren Boss Guiseppe fuhr, sollte das Bild nach Bad Wuhlau bringen. Ihre Freundin Lilo kannte den jungen Polizisten. Martin würde verstehen, was es bedeutet. Mit dieser Hoffnung weinte sich Anja in den Schlaf.

10.

Es zog ein kalter Wind über das Land. Der Winter hatte die Uckermark im festen Griff. Ein paar Rehe zogen über die Felder. Eine Schar Krähen zog ebenfalls vorüber. Ansonsten hatte man den Eindruck, dass es kaum Leben hier gibt. Am Rande eines Waldes lag das kleine Jagdschloss Grainslow. Auf dem kleinen Parkplatz vor dem Schloss standen etliche stattliche Limousinen. Man konnte glauben, dass hier ein Staatsempfang wäre. Im kleinen Saal des Jagdschlosses saßen mehrere ältere Herren an einer langen Tafel. Die Stimmung schien ernst zu sein. Die Herren waren sehr konservativ gekleidet. Ihre Anzüge waren aus feinstem Stoff und jeder hatte einen farblich anderen Anzug. Aber alle waren dunkel. Der schwarz gekleidete Herr war offensichtlich ein geistlicher.

„Meine Herren", sprach der dunkelblau gekleidete Herr an der Stirnseite des Tisches, „ich habe Ihnen den finanziellen Bericht aus dem Vorjahr ausgedruckt und jedem von Ihnen auf den Platz gelegt. Aus ihm geht hervor, dass unsere Finanzierung auch weiterhin ausgezeichnet ist. Einige Großspenden ermöglichen uns auch weiterhin, gut voran zu kommen. Was allerdings unsere Aktionen betrifft, können wir nicht zufrieden sein. Es wurden Fehler gemacht. Wer kam auf die idiotische Idee, immer das gleiche Gewehr zu benutzen? So etwas darf uns nicht wieder passieren. Auch der Lapsus in Thüringen ist unverzeihlich."

Ein Mann im dunkelgrünen Anzug sprach daraufhin: „Eminenz, wir von der grünen Abteilung entschuldigen uns dafür. Der junge Mann hatte die falsche Hure beseitigt. Es war eine Verwechselung.

Das wird nicht wieder vorkommen. Er ist bereits auf der Jagd nach der richtigen Hure."

Der Geistliche erhob das Wort: „Meine Herren, wir haben uns die Aufgabe gestellt, unwürdiges Leben auszuschalten. Es muss wieder Ordnung herrschen. Auch unsere Privilegien müssen wir wieder haben. Wir rekrutieren dazu willige Kämpfer. Sie werden in den Rang eines Candidatus aufgenommen und lernen unsere Spielregeln. Meistens sind es gestrandete junge Männer. Wir geben ihnen eine Heimat. Um Vollmitglied unserer Gemeinschaften zu werden, erhalten sie bekanntlich die Aufgabe, zwei Unwürdige zu beseitigen. Nun ist es einmal schiefgegangen. Der Fehler wird aber korrigiert."

Ein Mann im dunkelroten Anzug nahm das Wort: „Das muss aber schnellstens passieren. Anschließend muss dieser Candidatus aber auch für immer schweigen. Er ist ein Sicherheitsrisiko."

Alle Herren nickten dazu. Der dunkelblau gekleidete Herr übernahm nun wieder das Wort: „Als letztes noch für Sie die Information, dass wir unsere Abteilungen in Rumänien, Polen und Finnland erweitern konnten. Wir können dort nun auch zur Tat schreiten. Die ersten Kandidaten haben ihre Opfer schon auserkoren. Die Todesursachen werden verschieden sein. Es wird in der Richtung keine Fehler mehr geben!"

## 11.

Martin ist nun zu der SOKO Rotlicht beim Bundeskriminalamt abberufen worden. Diese SOKO arbeitet sehr eng mit Europol zusammen. Man kam aber nicht gut voran. Außer der Tatsache, dass es immer die gleiche Mordwaffe war, wusste man nichts. Es gab keine Fingerabdrücke, keine DNA-Spuren. Seit einigen Wochen gab es nirgends in der Europäischen Union ein vergleichbares Verbrechen. Kontaktleute bei den verschiedenen kriminellen Organisationen brachten ebenfalls keine neuen Erkenntnisse. Es schien so, dass die Morde einfach aufhörten. Es gab auch keine weiteren Hinweise zur Prostituierten Anja Fiebritz. Martin war darüber verzweifelt. Er hatte gehofft, irgendein Zeichen von ihr zu finden. Er befürchtete schon das Schlimmste. Vielleicht war sie schon längst tot? Mafiöse Organisationen lassen unliebsame Menschen auch mal einfach so verschwinden. Sie tauchen dann nirgends mehr auf. Sie gelten dann einfach als vermisst. Und im Rotlichtmilieu fragt auch schon nach kurzer Zeit niemand mehr danach. In der SOKO interessierte sich für Anja niemand außer Martin. Im Gegenteil, dass Martin sich in eine Hure verliebt hat, amüsierte die anderen.

Nach vier Wochen wurde die SOKO personell wieder etwas reduziert. Da kam plötzlich eine Meldung aus Finnland. Eine Prostituierte wurde nachts auf dem Straßenstrich in Helsinki erschossen. Aber für den Mord wurde eine einfache kleinkalibrige Pistole verwendet. Nach tagelanger Recherche der finnischen Polizei kam man allerdings zu dem Ergebnis, dass es wahrscheinlich ein Freier war, welcher die Prostituierte erschoss. Man hat ihn allerdings nicht fassen können. Bei der SOKO wurde dies also auch nicht weiter verfolgt.

Martin wurde nun wieder nach Bad Wuhlau rückversetzt. Es gefiel ihm nicht. Hier konnte er nichts für Anja tun. Nun musste er sich wieder mit Kleinkriminellen abgeben. Er wurde nun richtig depressiv und gleichgültig. Ab und zu war er bei Lilo. Außer Sex konnte sie ihm allerdings nichts geben. Sie konnte ihm auch nichts weiter mitteilen. Auch sie hat nichts wieder von Anja gehört.

Es war jetzt schon fast ein Jahr vergangen, seitdem er Anja getroffen hatte. Nur noch selten dachte Martin daran. Er kam wie jeden Morgen etwas einsilbig ins

Büro. Molwitz war wie immer schon da. Auch Melinda war da und kochte für alle Kaffee. Doch dieses Mal war es etwas anders. Krieger vom BKA war ebenfalls da. Martin schaute ihn erstaunt an und sprach: „Na so was, was wollen Sie denn hier?"

„Guten Morgen Herr Jakubowski, schön, dass Sie sich noch an mich erinnern. Ich habe eine Information für Sie." sprach Krieger.

„Was für eine Information? Wenn es sich um eine neue Aufgabe handelt, ich habe hier Aufgaben genug!" sagte Martin.

„Nicht gleich so ablehnend, Martin. Hör dir Herrn Krieger erst einmal an." sprach Molwitz.

Martin setzte eine gelangweilte Miene auf und schaute so zu Krieger: „Ich höre!"

„Gehen wir in mein Büro. Melinda, bringst du uns den Kaffee rüber?" fragte Molwitz und Melinda nickte dazu. Begeistert war sie nicht. Melinda war neugierig. Und nun war sie wieder einmal nicht dabei.

Molwitz ging nun mit Krieger und Martin in sein Büro. Kurz danach kam Melinda mit dem Kaffee. Sie brauchte erstaunlich lange, um die Kanne und die Tassen auf den Tisch zu stellen. Molwitz wurde schon ungeduldig. Ziemlich laut und deutlich räusperte er sich und schaute Melinda streng an. Etwas verlegen schaute sie zu Molwitz und ging dann hastig aus dem Zimmer.

Nun sah Martin Krieger herausfordern an und sprach: „Also, was haben Sie für eine so wichtige Information für mich?"

„Ich weiß, dass Sie mir misstrauen. Okay, das ist nicht weiter schlimm. Ich bin auch nicht begeistert, dass ich Sie ins Vertrauen ziehen soll. Aber meine Vorgesetzten sind anderer Meinung. Die SOKO ist ganz aufgelöst worden." sprach Krieger.

„Sind Sie nur deswegen hierhergekommen? Das hätten Sie uns auch per E-Mail mitteilen können." sagte Martin.

Krieger grinste, räusperte sich und sprach: „Das stimmt, aber das ist nicht alles. Wir haben Grund zu der Annahme, dass es einen Maulwurf in der SOKO gab. Wir wissen von einem V-Mann des BND, dass die Mafia genauestens über uns Bescheid wusste. Das ist das Eine. Das Andere ist, es gab jetzt noch weitere Morde, welche wahrscheinlich der gleichen Organisation zuzuschreiben sind, wie bei den anderen Morden. In Finnland wurde ein Zuhälter erschossen, in Rumänien zwei Pornoschauspielerinnen und in Polen ein männlicher Prostituierter und eine Transsexuelle. Alle Morde wurden mit unterschiedlichen Waffen ausgeübt. Die

Transsexuelle wurde vergiftet. Die Mordorganisation ist also weiter aktiv. Und das in ganz Europa. Ob es in Übersee so etwas auch gibt, wissen wir nicht. Tötungen im Rotlichtmilieu sind dort so häufig, dass man das nicht genau sagen kann."

„Und warum erzählen Sie mir das alles?" wollte Martin wissen.

„Tja junger Mann, wir wollen versuchen, einen Mann in dieses Netzwerk einzuschleusen, und zwar Sie!" sprach Krieger.

Martin und Molwitz sahen sich an. Dann sprach Martin: „Warum ich? Die Organisation wird wissen, wer ich bin! Ich würde nicht weit kommen."

„Das stimmt. Aber wir sorgen vor. Ich muss dazu sagen, dass außer uns Dreien nur meine unmittelbare Vorgesetzte Frau Camara von dem Vorhaben weiß. Und alles, wirklich alles, was wir hier besprechen, bleibt auch dabei. Ihrer Kollegin werden Sie mitteleilen, dass Anja Fiebritz wahrscheinlich tot ist." Martin schaute entsetzt, aber Krieger winkte ab, „Sie ist nicht tot. Sie sollen es ihrer Kollegin Melinda nur sagen. Sie setzen nachher eine traurige Miene auf und sagen es ihr. In ca. 2 Wochen werden Sie umziehen und hier offiziell aufhören. Sie sagen, dass sie nach Hamburg ziehen, weil Sie hier das alles vergessen wollen. Sie werden auch tatsächlich von

hier wegziehen, aber natürlich nicht nach Hamburg.
Sie ziehen nach Rostock. Wir besorgen Ihnen dort
eine kleine Wohnung. Arbeiten werden Sie in einem
Sicherheitsunternehmen. Außerdem werden sie in
eine christliche Gemeinde eintreten."

„Kommt überhaupt nicht in Frage!" rief Martin, „ich
gehe nicht in die Kirche. Was soll das?"

„Das muss sein. Wir wissen ziemlich genau, dass es
sich bei der Organisation um religiöse Fanatiker
handelt. In einer kleinen Kirche treffen sich
wahrscheinlich diese Fanatiker. Der Pfarrer ist sehr
konservativ. Es gibt dort ziemlich reiche und
einflussreiche Mitglieder. Wir befürchten, dass sie
einen sehr großen Schaden in Politik, Sicherheit und
Wirtschaft anrichten kann." meinte Krieger.

„Wegen ein paar Morden im Rotlichtmilieu?" fragte
Molwitz.

Krieger schüttelte den Kopf und sprach: „Nun, sehen
Sie. Auch Politiker und Industrielle sind nur
Menschen. Der männliche Prostituierte in Polen war
Stammgast bei gewissen Partys hochrangiger
Persönlichkeiten. Und das gibt es in jedem Land. Sie
verstehen? Also, sie ziehen nach Rostock. Dort
erhalten Sie eine neue Identität. Im Darknet sind
Hinweise aufgetaucht, dass es dort Kontakte zu
dieser Organisation gibt. Sie werden sich auch

äußerlich verändern. Sie bekommen eine schwache Brille. 0,25 Dioptrien. Das wird ihren Augen nicht wehtun. Auch ihre Frisur wird sich ändern. Ihr Kleidungsstil wird etwas konservativer werden. Alkohol werden Sie nicht trinken. Sie werden sich unterdessen mit der Religion beschäftigen. Da müssen Sie sattelfest sein. Ihre Aufgabe ist es, dort Mitglied zu werden. Wir brauchen genaue Informationen, wer die Hintermänner sind und woher sie das Geld bekommen. Geht es wirklich um Religion oder um was ganz anderes. Nur mit mir werden Sie Kontakt haben. Ab und zu werden wir uns im Zoopark in Rostock, an der Kaimauer im alten Hafen oder im Stadion bei einem Fußballspiel treffen. Sie würden von mir jeweils eine Jahreskarte für den Zoo und für das Stadion bekommen. Wir behalten sie selbstverständlich immer im Auge. Wir haben drei Möglichkeiten: Sie gehen immer wenn wir uns am nächsten Tag 17.00 Uhr treffen sollen ins Museum Kröpeliner Tor. Wenn wir uns an der Kaimauer treffen sollen, gehen Sie anschließend zum Metzger bei ihnen um die Ecke oder, wenn wir uns im Zoo treffen sollen, zum Bäcker bei ihnen um die Ecke. Sie entscheiden also über den Treffpunkt. Machen Sie das aber nicht zu oft. Im Stadion treffen wir uns regelmäßig. ich habe die Platzkarte neben ihnen. Das ist zwar alles ziemlich altmodisch und primitiv, aber es ist sicher."

Martin sah zu Molwitz. Der zuckte mit den Schultern und sprach schließlich: „Das musst natürlich du wissen. Ich rede dir da nicht rein. Aber ich denke, wenn du deiner Anja helfen willst, ist das eine Möglichkeit."

„Hm, gut. Ich mache mit", sprach Martin gedehnt, „aber, ich bestimme wann ich aussteige und wann nicht."

„Das ist okay!" sagte Krieger.

Martin stand auf, holte tief Luft und zog eine traurige Miene auf. Er drehte sich noch einmal zu Krieger um und fragte: „Also in ca. zwei Wochen?"

„Genau. Ich kontaktiere Sie." sagte abschließend Krieger.

12.

Die zwei Wochen vergingen. Martin teilte es Melinda wie verabredet mit. Molwitz spielte den Unschuldsengel und redete auf Martin ein, es sich noch einmal zu überlegen. Man brauche ihn in Bad Wuhlau. Martin sagte daraufhin, dass er Anja nicht vergessen kann, solange er hier arbeitete. Melinda schien das Ganze zu glauben. Als die zwei Wochen wirklich vorbei waren, kam von Krieger nichts. Martin wurde nervös. Molwitz versuchte irgendwie an Krieger heranzukommen. Martin saß wieder einmal bei Molwitz im Büro. Beide waren ziemlich angespannt.

„Melinda hat mich vorhin gefragt, wann ich denn nun umziehe. Ich sagte ihr, dass es mit der Wohnung noch nicht geklappt hat." sprach Martin.

„Ich habe versucht, Krieger zu erreichen. Nichts. Mann, das ist vielleicht eine Scheiße." fluchte Molwitz.

„Melinda löchert mich auch schon andauernd. Ich weiß schon gar nicht mehr, was ich ihr erzählen soll. Ich sagte ihr, die Stelle in Hamburg ist mir sicher, aber die Wohnung, welche mir die Polizei dort geben wollte, war noch nicht frei." sagte Martin.

„Und?" Molwitz sah Martin fragend an.

„Sie sagte, dass das bei der schlechten Wohnungssituation normal ist." meinte Martin.

„Mann, was sollen wir nun tun?" Molwitz sah Martin an.

„Ich warte noch drei Tage, dann blas ich die Sache ab. Melinda werde ich sagen dass ich es mir anders überlegt habe. Und du wirst zustimmend sagen, dass ich hier bleiben kann. Okay?" fragte Martin.

„Allerdings kann es dann sein, dass du deine Anja nie wieder siehst." sprach Molwitz.

„Ja, ich weiß." Sagte etwas traurig Martin, „aber, was soll ich machen? Dann habe ich sie wahrscheinlich endgültig verloren. Was soll ich nur tun?"

„Dich hat es aber ganz schön erwischt. Mann, Mann, Martin. Sie ist doch nur eine, eine Nu..., ich meine eine Prostituierte!" sprach Molwitz.

„Siehst du! Selbst für dich ist sie nur eine Nutte, eine bedeutungslose Hure. Für mich ist sie viel mehr!" sprach Martin, stand auf und wollte den Raum verlassen.

„Martin warte. Martin!" rief Molwitz, „entschuldige, war nicht so gemeint. Ja, du hast Recht. Für mich ist sie nur eine Hure. Aber ich sehe, du hast dich richtig verknallt. Ich will dich doch nur vor Schaden bewahren! Du hast sie gerade mal für eine halbe Stunde zum Kaffee gehabt. Das war es." sprach Molwitz.

„Na und?" schrie Martin, „ich habe mich genau in dieser halben Stunde in sie verliebt. Und sie braucht meine Hilfe!"

Molwitz sah Martin an und schwieg. Martin stand vor der geschlossenen Zimmertür.

Molwitz holte tief Luft und sprach schließlich: „Gut, ich werde dich nicht hängen lassen. Egal, was auch passiert. Allerdings kann ich von hier aus nicht viel unternehmen."

Martin wolle gerade das Zimmer verlassen, da klingelte Molwitz sein Telefon. Molwitz nahm den Hörer auf, zog erstaunt die Augenbrauen hoch und sprach schließlich: „Das wird auch Zeit Herr Krieger. Gut, ja, genauso machen wir es. Wir dachten schon, dass alles abgeblasen wird." Krieger seine wispernde Telefonstimme war leise zu vernehmen. Molwitz nickte mit dem Kopf, sagte ab und zu ja oder genau oder auch mal nein. Martin wurde schon ungeduldig und wollte Molwitz den Hörer aus der Hand reißen, da legte Molwitz den Hörer auf.

„Und?" fragte ganz aufgeregt Martin.

„Naja, es hat ein paar kleine Schwierigkeiten gegeben. Aber nun kann es losgehen. Du wirst morgen Nachmittag ganz normal deinen Dienst nachgehen. Du wirst den kleinen Junkie vernehmen, welcher dem Opa im Park seine Tasche stehlen wollte. Melinda wird dabei sein. Dann…", Molwitz erzählte nun, wie es weitergehen sollte.

13.

Am nächsten Nachmittag wurde, wie zwischen
Martin und Molwitz verabredet, der Junkie im
Vernehmungszimmer von Martin und Melinda
verhört. Dieser Junkie lümmelte gelangweilt auf
seinem Stuhl. Ab und zu kaute er auf seinen
Fingernägeln. Als Melinda und Martin den Raum
betraten, schaute er noch nicht einmal hoch. Man
merkte ihm aber an, dass er ziemlich nervös war. Die
Hände zitterten auffällig. Melinda und Martin setzten
sich gegenüber dem Junkie an den
Vernehmungstisch.
Martin sprach: „So, junger Mann. Wir werden dieses
Gespräch aufzeichnen."
Martin schaltete das Gerät ein. Dann schaute er den
jungen Mann an und sprach in das Gerät:
„Vernehmung von Herrn Kevin Meyer…" Martin kam
nicht weiter, denn Molwitz trat ein und winkte
Martin zu, dass er rauskommen sollte. Martin nickte
und sprach zu Melinda: „Mach du bitte hier weiter."
Melinda nickte zustimmend und Martin verließ
daraufhin den Raum.
Kurze Zeit später kam Molwitz zur Vernehmung und
sagte zu Melinda: „Ich übernehme. Du kannst zu
Martin gehen."

Melinda schaute überrascht zu Molwitz. Man merkte ihr an, dass ihr das gar nicht passte. Es war auch sehr unüblich. Der kleine Junkie sah Melinda an, grinste und sagte kurz: „Abserviert!"

Molwitz herrschte ihn an: „Für Sie gibt es hier gar nichts zu lachen, junger Mann. Das wird Ihnen schon vergehen."

Melinda ging unterdessen ins Büro. Dort stand Martin und packte seine Tasche.

„Weißt Du, was das alles zu bedeuten hat?" fragte Melinda.

„Ja. Ich bin abkommandiert nach Hamburg. Das heißt, ich soll morgen schon anfangen." sprach Martin.

„So Hals über Kopf?" Melinda konnte es gar nicht fassen

„Ja. Ich kann es auch nicht ändern. Die Stelle ist frei, eine Wohnung haben sie für mich gefunden. Dort ist zurzeit ein personeller Engpass. Deswegen muss ich sofort dort anfangen." erwiderte Martin.

„Und was wird aus deinen Sachen?" wollte Melinda wissen.

„Molwitz kümmert sich darum. Es ist nur gut, dass ich schon alles eingepackt hatte. Und so viele Sachen habe ich auch nicht. Morgen früh kommt ein LKW aus Hamburg und lädt alles ein. Mein Koffer ist gepackt. Ein Kollege aus Hamburg holt mich ab." sagte Martin.

„Dann ist das hier dein letzter Tag? Wir hatten nicht mal Zeit, um uns gebührend zu verabschieden." sagte Melinda etwas traurig.

Martin trat vor Melinda und nahm sie kurz in den Arm und drückte sie. Melinda bekam richtig feuchte Augen.

„Mach mir den Abschied nicht so schwer. Und außerdem, Hamburg ist ja nicht aus der Welt. Ich melde mich mal. Und meinen nächsten Urlaub mache ich hier in Thüringen. Ich lass immer mal was von mir hören. Okay?" sprach Martin.

Melinda nickte und gab Martin einen hörbaren Schmatzer auf die linke Wange. Nun war es Martin, der etwas gerührt war. Dann nahm er seine Tasche, drehte sich in der Tür noch einmal um und verließ das Polizeirevier. Draußen vor der Tür wartete bereits ein Fahrer auf Martin. Beide gingen wortlos zu einem älteren BMW mit Hamburger Kennzeichen und stiegen ein. Auf dem Rücksitz saß Krieger. Von außen konnte man ihn kaum erkennen. Die Scheiben des Fahrzeuges waren abgedunkelt.

Melinda schaute unterdessen aus dem Fenster und winkte noch einmal. Da trat Molwitz ins Zimmer: „Na, habt ihr euch noch verabschiedet?" fragte er.

„Ja. Was man so Verabschiedung nennt. Es ging ja so eigenartig schnell. Wir hatten ja gar keine Zeit. Ich dachte, man geht noch einmal schön gemütlich zusammen ein Bier trinken. Das finde ich schon sehr merkwürdig. Die müssen es in Hamburg aber nötig haben." sprach Melinda.

„Tja, wer weiß!" meinte Molwitz nur.

„Findest du das nicht komisch, diese Hatz?" fragte Melinda.

„Keine Ahnung. Er wird sich demnächst schon mal sehen lassen. Dann können wir mal zusammen ausgehen." sprach Molwitz.

„Nee, ich weiß nicht. Mir war auch so, als ob auf dem Rücksitz dieser Mann vom BKA saß!" meinte nun Melinda.

„Dieser Krieger?", Molwitz tat erstaunt, „du musst dich irren. Der kam aus Berlin und nicht aus Hamburg."

„Vielleicht habe ich mich wirklich verguckt. Na ja, wie dem auch sei, Ich fand die Verabschiedung zu kurz und bin traurig darüber." Sagte Melinda.

„Was soll es. Wir können es nicht ändern. Äähm, machst du mir bitte einen Kaffee?" fragte Molwitz, um vom Thema abzulenken.

„Ja, na klar." sagte nun Melinda und stand auf.

Im Wagen sah Martin Krieger an und sagte: „Sie sind ganz schön leichtsinnig. Wenn man sie nun erkannt hätte?"

„Ach Quatsch. Durch die abgedunkelten Scheiben hat mich keiner erkannt!" meinte Krieger daraufhin.


14.

Die Wochen in Rostock vergingen. Martin versah eifrig seinen Dienst in einer kleinen Sicherheitsfirma. Er war dort als Fahrer für Geldtransporte zuständig. Ab und zu ging er in eine kleine Kirche am Stadtrand. Dort setzte er sich meistens in eine der mittleren Reihen. Der Pfarrer grüßte immer sehr höflich. Eines Tages, Martin war wieder in der Kirche, kam der Pfarrer auf Martin zu und setzte sich neben ihn.

„Guten Tag, mein Sohn. Du bist neu hier?" fragte der Pfarrer.

„Ja, ich bin vor kurzem aus Westsachsen hierher gezogen." antwortete Martin.

„Wie ist dein Name?" fragte der Pfarrer.

„Ich heiße Martin Mayer. Ich wollte hier ein neues Leben anfangen. Ich bewarb mich hier bei einer Sicherheitsfirma und bin angenommen worden." sprach Martin.

„Ich bin Pfarrer Heinrich. Und was führt dich hierher?
Ich sehe dich immer allein. Hast du keine Familie?"
fragte der Pfarrer weiter.

„Nein, habe keine richtige Familie. Ich hatte, ich habe
eine Schwester. Aber sie ist es nicht wert." sprach
Martin weiter.

„Na, na, jeder Mensch hat seinen Wert. Wir dürfen
niemanden verdammen." sagte der Pfarrer.

„Doch, das darf man. Was würden Sie zu ihrer
Schwester sagen, welche mit einer anderen Frau
zusammen lebt, anstatt eine richtige, ordentliche
Familie zu gründen? In der Bibel steht nichts von
lesbischer Liebe. Das ist Unzucht. Freundschaft ja,
körperliche Liebe, nein", Martin redete sich richtig in
Rage.

„Da hast du ein schweres Los. Verzage aber nicht.
Gott kennt seine treuen Diener." sprach Pfarrer
Heinrich und stand auf.

Martin blieb noch sitzen. Als er gerade aufstehen
wollte, um zu gehen, kam Pfarrer Heinrich noch
einmal zu ihm: „Mein Sohn. Jeden Mittwoch treffen
sich hier  in diesen heiligen Gemäuern unserer
christlichen Gemeinde ein paar Leute, welche ebenso
denken, wie du. Komme doch nächsten Mittwoch
gegen 19.00 Uhr zu mir ins Pfarrhaus. Ich werde dich

dort mit diesen Leuten bekannt machen." sprach der Pfarrer.

„Sehr gerne." sagte Martin.

„Gut. Dann sehen wir uns. Ich wünsche dir eine gesegnete Nacht. Gott sei mit dir." sprach der Pfarrer.

„Danke Vater. Dann in drei Tagen. Gott sei mit Euch." sagte Martin und verabschiedete sich.

Drei Tage später ging Martin wie verabredet zu der kleinen Kirche. Davor standen schon ein paar Limousinen. Martin klingelte am Pfarrhaus. Eine ältere Frau öffnete einen kleinen Spalt der Tür.

„Ja, bitte?" fragte die Frau.

„Guten Abend. Ich bin Martin Mayer. Ich bin mit dem Herrn Pfarrer verabredet." antwortete Martin leise.

„Kommen Sie herein", die ältere Frau öffnete nun die Tür ganz. Martin ging hinein ins Haus.

Die Frau wies auf eine Zimmertür. Von dort vernahm Martin einige Stimmen.

„Bitte gehen Sie dort hinein. Sie werden schon erwartet." sagte die Frau.

Martin öffnete die Tür. Im Zimmer saßen drei fremde Herren und der Pfarrer.

„Ah, Herr Mayer. Ich grüße Sie. Schön, dass Sie es einrichten konnten." sprach der Pfarrer Martin an.

„Bitte, darf ich Ihnen die drei Herren vorstellen." Der Pfarrer wies auf die drei Männer. „Herr Graf

Meinhardt von Steyerburg, Herr Walter Herrmann und Freiherr Alexander von Schünzbach." Martin nickte allen dreien zu.

„Nehmen Sie Platz.", sprach der Pfarrer und wies auf einen freien Stuhl.

„So, junger Mann. Unser geschätzter Herr Pfarrer erzählte uns, dass Sie Probleme mit ihrer Schwester haben. Sie sei wohl lesbisch. Und, Sie halten das für Unzucht?" fragte der Freiherr von Schünzbach.

„Das stimmt. Homosexualität halte ich für Unzucht. Diese sogenannte LGBTQ-Bewegung ist eine zutiefst widerwärtige Bewegung. Dies dient nicht der Fortpflanzung des Menschen, sondern nur der Lust an der Unzucht. Diese Modeerscheinung muss aufgehalten werden. Das ist meine Meinung." sprach Martin.

„Da stimmen wir mit Ihnen überein." sagte Herr Herrmann.

„Wir vertreten eine Organisation, welche es sich zur Aufgabe gemacht hat, genau diese abscheulichen, unchristlichen Untaten zunichte zu machen." sprach Herr von Steyerburg.

„Solche jungen Leute, wie Sie, welche noch nach christlichen Werten leben, brauchen wir." meinte Herr Herrmann.

„Würden Sie in unserer Organisation mitarbeiten?"
fragte unverblümt Freiherr von Schünzbach.

„Was muss ich da tun?" fragte Martin.

„Zunächst einmal gar nichts. Wir haben demnächst
ein Treffen in der Nähe von Fiethagen an der Küste.
In einem kleinen Versammlungsraum haben wir eine
Tagung. Wir laden Sie dazu ein. Ich muss aber
betonen, dass dies geheim ist. Wir wollen keinen
unnötigen Rummel." sagte Herr Herrmann.

„Ich würde gerne kommen." sagte Martin.

„Gut, junger Mann. Sie hören von uns. Kommen Sie
übermorgen in die kleine Kirche von Pfarrer Heinrich.
Er wird Ihnen die Daten übergeben." sprach Freiherr
von Schünzbach. Martin bemerkte, wie Graf von
Steyerburg ihn genau beobachtete.

„Ich werde da sein." sagte Martin zu.

„Gut, junger Mann. Es hat uns gefreut, dass Sie hier
waren. Ich wünsche Ihnen noch einen schönen
Abend." sprach der Pfarrer.

„Danke, das wünsche ich Ihnen ebenso." sprach
Martin, erhob sich und verließ das Haus.

Draußen auf der Straße schaute er sich unauffällig um
und ging in Richtung einer Bushaltestelle. Er schaute
auf den Fahrplan und holte aus der Gesäßtasche
seiner Hose das Portemonnaie heraus. Wie zufällig
verhakte es sich leicht und er zog etwas kräftiger

daran. Dabei schielte er auf die andere Straßenseite. Dort bemerkte er einen jungen Mann, welcher auf die Bushaltestelle sah. Als Martin seine Brieftasche endlich hatte, drehte der Mann sich wie zufällig weg. Inzwischen kam der Bus und Martin stieg ein. Er sah noch wie der junge Mann sein Handy nahm und telefonierte. In dem Moment fuhr ein Kleinwagen los und folgte dem Bus. Zwei Stationen danach stieg Martin aus. Er war in der Nähe seiner Wohnung. Langsam schlenderte er. Der Kleinwagen hatte inzwischen angehalten. Vor seinem Haus angekommen, sah er einen Mann vor der Haustür stehen. Vorsichtig griff Martin in seine Jackentasche. Dort befand sich eine kleine Pistole. Als er näher kam, erkannte er Krieger.

„Guten Abend Herr Mayer." sprach Krieger ihn an.

„Guten Abend. Was wollen Sie?" fragte Martin.

„Haben Sie es vergessen? Wir wollten heute Abend noch eine Versicherung abschließen." sprach Krieger.

„Ach ja, kommen Sie herein!" sagte Martin schnell. Martin und Krieger gingen ins Haus. Krieger schüttelte ganz unauffällig den Kopf. Martin verstand. Auch im Haus sollte das Spiel weitergehen. So unterhielten sie sich kurz über eine Haftpflichtversicherung. In der Wohnung angekommen sprach Krieger weiter über eine

Versicherung. Dann holte er sein Smartphone heraus und bedeutete Martin, dass er seine Jacke ausziehen sollte. Martin tat es und legte die Jacke auf einen Stuhl. Dann betätigte Krieger sein Smartphone. Es ertönte Krieger seine Stimme, wie er ganz ausführlich über eine Haftpflichtversicherung sprach. Er bedeutete Martin mit in die Küche zu gehen. Dort sprach Krieger leise: „Hatten Sie die Jacke in der Pfarrei ausgezogen?"

Martin nickte. Krieger sprach weiter: „Ich vermute, dass sie verwanzt ist. Jetzt nur noch ganz kurz. Haben Sie Kontakt?"

„Ja", sprach Martin.

„Gut. Der Kleinwagen, welcher Ihnen folgte, war von uns. Wir treffen uns morgen im Supermarkt um die Ecke gegen 17.00 Uhr. Und jetzt gehen wir rüber und sprechen über die Versicherung. Ihre Wohnung ist nicht verwanzt. Wahrscheinlich nur Ihre Jacke" erklärte Krieger.

Im Wohnzimmer sprach Krieger, nachdem er sein Smartphone ausmachte: „Haben Sie noch Fragen?"

„Vorerst nicht." antwortete Martin.

„Gut. Wollen Sie hier bitte unterschreiben?" sprach Krieger.

„Okay." war die kurze Antwort.

„Schön, Herr Mayer. Sie haben die richtige Wahl getroffen. Eine Haftpflichtversicherung sollte heute jeder haben." sagte Krieger.

„Da haben Sie Recht. Man weiß ja nie, was passiert!" meinte Martin.

„Dann möchte ich mich verabschieden. Sie bekommen dann in den nächsten Tagen alles zugesandt. Schönen Abend noch." sagte Krieger und ging.

## 15.

Zwei Tage später ging Martin wie verabredet in die kleine Kirche von Pfarrer Heinrich. Martin setzte sich auf eine der hinteren Bänke. Es waren noch drei weitere Besucher dort. Sie saßen alle in verschiedenen Reihen. Keiner nahm Notiz von Martin. Nach zehn Minuten kam der Pfarrer, ging erst zu dem anderen und unterhielt sich kurz mit jedem. Als letztes kam er zu Martin.

„Guten Abend Herr Mayer, schön, dass sie gekommen sind." sprach der Pfarrer.

„Guten Abend, Herr Pfarrer." grüßte Martin.

„Ich habe hier für Sie die Adresse unseres Versammlungsraumes in Fiethagen. Kennen Sie diesen Ort?" fragte der Pfarrer.

„Nein. Ich wohne ja noch nicht so lange hier." antwortete Martin.

„Es ist ein wunderschöner kleiner Ort. Fiethagen liegt direkt am Strand. Sie werden sehen, es gefällt ihnen dort. Und der kleine Raum ist etwas unauffällig. Es wird Ihnen gefallen. Und die Leute, die Sie dort treffen werden, sind ordentliche Menschen mit einem klaren Verstand." erklärte der Pfarrer.

„Ich freue mich darauf. Ich möchte einfach etwas tun gegen diese unheilvolle unchristliche Entwicklung." meinte Martin.

„Ich denke, dass Sie dazu Gelegenheit bekommen werden. Ich muss aber noch einmal betonen, dass wir keinen Medienrummel gebrauchen können. Diese Pressevertreter unterstützen doch diese Verwahrlosung unserer Gesellschaft. Deshalb sind wir alle sehr diskret und zurückhaltend. Ich denke, Sie verstehen das." der Pfarrer sah Martin mit ernster Miene an.

Martin nickte dazu: „Ich verstehe das. Ich teile ihre Meinung dazu."

„Das ist gut. Wir treffen uns in Fiethagen in zwei Wochen am Sonntag. Es wird einen kleinen

Frühschoppen geben. Sie werden dort wirklich einige sehr nette Herren kennenlernen." sagte Pfarrer Heinrich.

„Ich freue mich schon sehr auf dieses Treffen." sagte Martin.

„Gut, wir sehen uns dann am Sonntag zum Gottesdienst?" fragte der Pfarrer.

„Selbstverständlich. Auch darauf freue ich mich." Martin lächelte den Pfarrer an.

Pfarrer Heinrich verabschiedete sich.

Zwei Wochen später fuhr Martin dann nach Fiethagen. Der Versammlungsraum war eine unscheinbare Baracke und lag mitten im Ort gleich neben der Kirche. Langsam ging Martin von seinem Auto zu dem Eingang. Es drangen laute Stimmen nach außen. Musik war zu hören. Drinnen schien richtig was los zu sein. Als Martin eintrat, kam auch schon Pfarrer Heinrich auf ihn zu.

„Hallo, Herr Mayer. Wie geht es Ihnen?"

„Danke, gut. Ich bin etwas überrascht. Ich dachte, Sie wollten nicht auffallen. Und dann diese laute Musik?"

„Ach, das hört gleich auf." der Pfarrer schaute auf die Uhr. „Wir gehen gleich in die Kirche."

Nachdem das aktuelle Lied aufhörte, ertönte ein Gong. Danach setzte ein neues Lied an, und zwar ein alter Shanty. Der Pfarrer verschloss unterdessen den Raum. Ein Männerchor sang nun aus lauten Kehlen „Drunken Sailor". In dem Moment erhoben sich alle und verließen den Raum durch eine kleine Tür. Martin folgte ihnen. Über eine schmale Treppe gelangten sie in den Keller. Dort ging es in einen schmalen Gang und wieder eine Treppe hinauf. Sie kamen so direkt in das Kirchenschiff. Leise nahmen alle Platz. Martin setzte sich in die letzte Reihe. Der Pfarrer betrat die Kanzel. Im kleinen Raum nebenan dröhnte der Männerchor „Wellerman".

Von der Kanzel sprach der Pfarrer. Er las zunächst einige Passagen der Bibel. Dann sprach er von christlichen Werten und von der Gefahr, dass Frevel, Heidentum und Unzucht die Welt gefährden würde. Seine Worte wurden immer pathetischer. Zum Schluss wurden seine Worte drohend: „Die Welt ist dem Untergang geweiht, wenn wir nichts unternehmen. Gottes Werk ist in Gefahr. Wir, seine Kinder, werden nicht länger zusehen. Mittlerweile sind wir weltweit einige Tausend, welche bereit sind zur Tat zu schreiten. Wir haben schon etliche Seelen, welche vom Teufel befallen waren, befreit und sie in Gottes Hände zurückgegeben. Wir haben in weiteren Ländern gottesfürchtige Frauen und Männer gefunden, welche sich uns angeschlossen haben.

Jesus sagte, 'Wer das Schwert nimmt, soll durch das Schwert umkommen'. Die Unzucht ist das Schwert der Antichristen. Unser Schwert ist schärfer. Wir werden nicht ruhen, bis die Unzucht ausgemerzt ist." Nur ein kurzes Brummen war von den Zuhörern als Zustimmung zu hören. Auf der Straße vernahmen Passanten sicher nur den Männerchor, welcher aus lauten Kehlen einen Shanty nach dem anderen trällerte.

Der Pfarrer fuhr fort: „Auch unsere Reihen füllen sich. Hinten sitzt unser neuer Gefährte, Herr Martin Mayer. Er wird unser neues scharfes Schwert sein. Nehmen wir ihn in unsere Mitte als Freund auf." Wieder gab es leichtes Gemurmel. „Nun bitte ich alle Gruppen um eine interne Abstimmung über weitere Schritte. Ich bitte die Gruppe Hoffmann, unseren Freud Martin Mayer in die Gruppe aufzunehmen. Danke." Der Pfarrer verließ nun die Kanzel. Langsam und leise erhoben sich die Anwesenden und gingen über den Gang im Keller wieder in den kleinen Raum zurück. Ein Mann mittleren Alters kam dort auf Martin zu und sprach ihn an: „Ich bin Michael Hoffmann. Ich werde mich um Sie kümmern. Kommen Sie, wir trinken ein kleines Bier zusammen." Sie gingen beide zu einem leeren Tisch und setzten sich. Während sie das Bier langsam tranken, entwickelte sich ein belangloses Gespräch. Man unterhielt sich über Sport und Tourismus. Aber Stück für Stück kam das Gespräch in Richtung des Niedergangs und Verwahrlosung der Gesellschaft.

„Wenn ich sehe, wie unsere Kinder durch die Medien zu unchristlichen Verhalten erzogen werden, kommt mir die Galle hoch." sprach Michael Hoffmann.

„Ich empfinde ebenso. Da werden Männer zu Frauen und Frauen zu Männern. Homosexualität ist in den Medien die Tagesordnung. Das muss ein Ende haben." sprach Martin.

„Das wird es. Wir werden immer mehr. Wir werden die Unzucht auslöschen. Es kostet Opfer, aber diese sind es nicht wert weiter zu leben. Und, das ist erst der Anfang." sagte Hoffmann.

„Ich finde, dass vor allem diese sogenannten Transsexuellen verschwinden müssen. Ein Mann ist ein Mann und eine Frau ist eine Frau. Gott hat entschieden, wer schon als Embryo Mann und Frau ist. Das kann ein Mensch nicht ändern." ereiferte sich Martin.

„Ja, auch gegen diese, diese Transen unternehmen wir was." sprach Hoffmann.

„Ich kann es kaum erwarten." sprach Martin.

„Sie werden ihre Chance bekommen. Wir haben in Deutschland noch eine unerledigte Sache. Aber dazu später." sprach Hoffmann.

„Was für eine unerledigte Sache?" wollte Martin wissen.

Hoffmann holte tief Luft und erzählte dann: „Gut, warum soll ich sie auf die Folter spannen. Ein Candidatus hat eine falsche Nutte erschossen. Das ist zwar nicht schlimm, aber nun muss er noch die Richtige erwischen. Ein Auftrag muss ganz genau erfüllt werden. Er kann Nutten erschießen so viele er will, aber die Richtige muss dabei sein. Pech ist nur, dass die richtige Hure verschwunden ist. Jetzt muss er sich erst einmal auf die Suche nach ihr begeben."

Martin hat aufmerksam zugehört. Das Gesagte machte ihn etwas nervös. Er wollte nun mehr davon wissen: „Wo ist denn das passiert?"

Hoffmann sah Martin prüfend ins Gesicht und sagte: „In einem kleinen Kaff in Thüringen. Warum wollen sie das wissen?"

Innerlich war Martin erschrocken. Er ließ es sich aber nicht anmerken. Es ging also tatsächlich um Anja. Martin räusperte sich und sprach: „Das würde mich interessieren. Ich mag Herausforderungen."

Hoffmann überlegte. Dann sprach er: „Warten Sie hier einen Moment. Ich komme gleich wieder."

Hoffmann drehte sich rum und ging zu Pfarrer
Heinrich, welcher zwei Tische weiter saß. Die beiden
unterhielten sich nun. Martin sah, dass sie
diskutierten. Hoffmann und Heinrich sahen ab und zu
nach Martin rüber. Nach ein paar Minuten kam
Hoffmann zurück und setzte sich wieder zu Martin.
„Also. Ich habe mit Pfarrer Heinrich folgendes
ausgemacht. Sie kommen in zwei Tagen zu ihm in die
Pfarrei. Dort werden wir alles Weitere besprechen. In
Ordnung?" sprach Hoffmann.
„Gut, ich werde da sein." antwortete Martin. Dann
sprachen sie noch über verschiedene, belanglose
Dinge. Martin hatte den Eindruck, dass Hoffmann sich
ein genaues Bild über Martin verschaffen wollte. Sie
sprachen über Politik, Sport und
Naturwissenschaften. Martin stellte dabei fest, dass
man in der Organisation nicht viel von
Naturwissenschaften hielt.


16.
Am nächsten Tag traf sich Martin mit Krieger im
Zoopark. Wie verabredet war er am Tag zuvor am
Kröpeliner Tor und anschließend beim Bäcker.

Schon am Eingang beim Zoo sah Martin, wie Krieger hineinging. Martin folgte ihm langsam. Hier und da blieben sie stehen und beobachteten die Tiere. Bei den Flamingos war es bekanntlich etwas lauter. Wie durch Zufall stellte sich Krieger neben Martin.

„Sind schon putzig, diese Flamingos." sagte Krieger.

„Ja, das finde ich auch." meinte Martin.

„Waren Sie schon im Polarium?" fragte Krieger.

„Nein." antwortete Martin kurz.

„Das müssen Sie sich wirklich anschauen. Sehr interessant. Kommen Sie. Ich zeige es Ihnen." sprach Krieger.

Langsam schlenderten sie nun in Richtung dieses Hauses. Im Polarium gibt es mehrere Becken, in welchen man die verschiedensten Tiere des arktischen Ozeans auch direkt im Wasser beobachten kann. Vor dem Krakenbecken blieben Martin und Krieger stehen. Es war ziemlich laut. Gerade war eine Schulklasse ebenfalls dort. Nach ein paar Minuten sprach Krieger: „Hier sind wir ungestört. Hier gibt es kein Gegenüber. Ein Richtmikrofon funktioniert bei der Lautstärke auch nicht. Also, was gibt es?"

Martin berichtete nun: „Ich habe über den Pfarrer Heinrich Kontakt zu der Organisation bekommen. Ich wurde einer Gruppe Michael Hoffmann zugewiesen. Sie wissen nicht, wo Anja sich derzeit befindet. Sie sind aber auf der Suche nach ihr. Ein sogenannter Candidatus hatte den Auftrag, sie zu ermorden. Der hat aber die falsche Prostituierte erschossen. Die sind eiskalt. Denen ist völlig egal, wie viele Leute sie töten. Die gehen mit brachialer Gewalt vor. Hauptsache ist, dass der Auftrag ebenso erfüllt wird. Deshalb ist Anja in höchster Gefahr. Die geben nicht vorher Ruhe. Ich werde versuchen, dass ich Anja finde."

„Machen Sie nichts, ohne mit mir vorher zu sprechen. Außerdem wollen wir nicht nur ihre Anja retten. Wir wollen den Kopf der Organisation." sprach Krieger.

Martin nickte und sprach weiter: „Ich wurde beim Pfarrer von drei Herren angesprochen, und zwar von Graf Meinhardt von Steyerburg, Herrn Walter Herrmann und Freiherr Alexander von Schünzbach. Morgen Abend bin ich wieder bei Heinrich in der Pfarrei. Ich soll dort Weiteres erfahren."

„Okay. Am Samstag sehen wir uns beim Fußball. Dort besprechen wir alles Weitere." sagte Krieger, drehte sich rum und verließ das Polarium.

Martin schaute sich noch eine Stunde im Zoo um und ging dann nach Hause.

## 17.

Trondheim ist im Februar eine trostlose Stadt. Der
Winter hat die Stadt völlig im Griff. Schon
nachmittags geht hier die Sonne unter. Es ist
bitterkalt. Selten steigt die Temperatur auf über
Minus 5 Grad Celsius. Im Hafen lagen verschiedene
Schiffe. Auch ein Postschiff ist wie jeden Tag dabei.
Ungewöhnlich war, dass auch ein kleines
Passagierschiff an einem abgelegenen Kai lag.
In der kleinen Taverne in der Nähe des Hafens ging es
wie immer laut her. Den Behörden gefiel das gar
nicht. Es gab schon genug Probleme mit Alkohol im
Winter in Norwegen. In der ersten Etage mussten
junge Prostituierte ihre Dienste anbieten. Auch Anja
war immer noch dort. Und ihr Zuhälter war immer
noch der brutale Mann Ove. Anfangs hieß es, dass sie
nur zwei Wochen dort bleiben sollte. Nun waren es
schon neun Wochen. Zwischenzeitlich war sie ein
paar Tage in einer Kneipe in Molde und in einem Puff
in Alesund. Anja war hier in Norwegen so unglücklich
wie noch nie. Oft wurde sie geschlagen. Die Freier
waren oft Matrosen aus allen Teilen der Welt.
Obwohl Norwegen ein zivilisiertes Land ist, war diese
Absteige der schlimmste Ort, welchen Anja je erlebt
hat. Die Gesetze für Sexarbeit waren in Norwegen
nicht so liberal, wie in anderen europäischen

Ländern. Oftmals wurden Freier zu hohen Strafen verurteilt.

Eines Morgens, Anja wurde gerade von einer Frau gemietet, fuhr eine Nobelkarosse vor die Taverne. Zwei Herren in feinen Mänteln stiegen aus. Der Besitzer der Taverne, Ove Johansson, stürmte hinaus, um die zwei Herren zu empfangen. In der Taverne gingen sie in ein Hinterzimmer. Ove Johansson bot ihnen Platz an. Die zwei Herren lehnten mit steinerner Miene ab. Was sie nicht wahrnahmen, an der Ecke gegenüber der Taverne stand ein Mann mit einer dicken Jacke bekleidet, und zündete sich eine Zigarette an. Er hatte eine Kapuze über den Kopf gezogen. Er blinzelte darunter zu der Taverne herüber.

„Was führt euch zu mir?" fragte Ove und schaute die zwei Herren fragend an.

„Wir wollen diese kleine Hure abholen." sprach der eine Mann.

„Wir wollen Anja holen." sprach der andere.

„Guiseppe, du hättest mir vorher Bescheid geben können. Anja ist gerade beschäftigt. Eine Südamerikanerin von einem Frachter aus Sao Paulo hat gerade einen Spaß mit ihr."

„Eine Frau? Egal, dann unterbrich die Beiden. Wir haben nicht viel Zeit." sprach Guiseppe.

„Das geht nicht. Es sind noch vier weitere Matrosen hier. Die würden Ärger machen. Und dann kommen die Bullen und es gibt noch mehr Ärger. Die kleine Nutte wird bald fertig sein. Die Frau ist schon eine Stunde bei ihr." sprach Ove.

Guiseppe schaute auf seine Uhr und sprach: „Okay, noch eine Viertelstunde. Dann ist Schluss mit lustig."

Nach einer Viertelstunde kam die Südamerikanerin immer noch nicht aus Anjas Zimmer. Guiseppe schaute Ove an. Dieser erhob sich und ging nach oben. Er klopfte an Anjas Tür und als sich nichts tat, trat er einfach ein. Anja hatte ihren Kopf gerade zwischen den Oberschenkeln der Kundin. Sie schreckte hoch, die Südamerikanerin schrie auf. Ove schrie sie an: „Out! Quickly!"

Die Frau schnellte hoch, zog sich schnell an und verließ laut fluchend den Raum. Ove schaute Anja an und sagte unwirsch: „Zieh dir deine Klamotten an, schnapp deine wenigen Habseligkeiten und komm runter. Aber Dalli."

Zehn Minuten später kam Anja völlig verängstlicht die Treppe zum Lokal hinunter. Dann sah sie Guiseppe. Ihre Angst stieg noch.

„Ist das Alles, was du hast?" fragte Guiseppe.

Anja nickte und sagte: „Hallo Guiseppe. Ja, mehr habe ich nicht."

„Okay, komm mit!" sagte darauf Guiseppe.

„Wo bringt ihr mich hin?" fragte Anja.

„Wirst schon sehen. Kann dir egal sein. Ich habe gehört, hier war es nicht so toll?" fragte Guiseppe.

„Es war grauenvoll. Warum hast du mich nur hierher gebracht?" fragte Anja.

„Es ging nicht anders. Ich habe nun etwas Besseres gefunden. Wirst schon sehen." sagte Guiseppe.

Dann gingen Guiseppe, sein Begleiter und Anja hinaus und wollten in das wartende Auto steigen. Sie wollten gerade losfahren, da gab es einen lauten Knall in der Taverne. Fensterscheiben barsten. Ein Feuer brach aus. Geschrei war zu hören. Guiseppe zerrte Anja ins Auto. Sein Begleiter beeilte sich ebenfalls. Das Auto fuhr mit laut quietschenden Reifen los. Ein zweiter Knall kam aus der Richtung der Taverne. Der Mann an der Ecke hingegen war ebenfalls verschwunden. Die Fahrt verlief schweigend. Sie dauerte auch nur wenige Minuten. Im Hafen angekommen, fuhr das Auto durch eine Klappe in eine große Jacht hinein. Als der Wagen im Inneren des Schiffes hielt, kam ein Mann in einem schwarzen Anzug und öffnete die Türen. Sie stiegen nun alle aus. Anja hatte nun große Angst. Was war das eben in der Taverne? Was würde mit ihr geschehen? In welches Loch würde man sie nun bringen?

Der Mann im schwarzen Anzug fasste Anja am Arm und führte sie durch eine Tür zu einer Treppe. Sie gingen hinauf und betraten einen kleinen Salon. Dort saßen ein Mann mittleren Alters mit legerer Kleidung und eine brünette Dame, so um die Vierzig, in eleganter Kleidung und kurzgeschnittenen, welligen Haaren. Die Dame war ziemlich klein. Es war ziemlich hektisch. Guiseppe flüsterte dem Mann etwas ins Ohr. Der nickte nur. Guiseppe verließ mit seinem Begleiter eilig das Schiff. Als beide weg waren, legte das Schiff sofort ab.

Die junge Frau kam auf Anja zu und gab ihr die Hand. Die Dame sprach Anja mit einer sehr hellen Stimme an: „Mein Name ist Lydia Vermont. Der Herr hier ist der Besitzer unserer schönen Jacht, Herr Franklin Jackson. Du brauchst keine Angst zu haben. Hier bist du in Sicherheit. Wir haben uns entschlossen, dich hierher zu holen. Wir verlassen Norwegen. Du bleibst die nächsten Wochen hier an Bord. Wir bekommen bald Besuch einiger Herren und Damen. Du wirst ihnen dienen und ihnen alle Wünsche erfüllen. Aber, es wird dir hier gut gehen. Die Herren sind sehr gebildet und charmant. Es ist auch ein Herr mit seiner Tochter dabei. Du wirst nicht nur im Bett ihre

Wünsche erfüllen, sondern auch sonst hier an Bord tätig sein, zum Beispiel Getränke reichen. Vielleicht werde auch ich einmal Spaß mit dir haben", Lydia Vermont lachte und sprach weiter, „in einer Woche kannst du auch oben an Deck dich ausruhen, dann sind wir nämlich im Warmen. Ansonsten bekommst du eine angenehme Kabine. Ich werde dir an Bord alles zeigen. Dann folge mir bitte jetzt in deine Kabine."

„Wie lange werde ich hier bleiben?" fragte Anja.

„Hier wirst du etwa zwei Wochen bleiben." antwortete Franklin Jackson.

„Gut." sagte Anja kurz.

„Dann komm." sagte Lydia Vermont und zeigte mit der Hand zur Tür und ging voraus. Anja folgte ihr.

In der Kabine angekommen, stellt Anja ihre kleine Tasche in einem kleinen Flur ab. Die Kabine war großzügig eingerichtet mit einem großen Runden Bett in der Mitte. Am Rand war eine kleine Sitzecke. An der Wand hing ein großer Fernseher. In einer anderen Ecke war eine kleine Bar. Eine große breite Fensterfront machte das Zimmer hell und freundlich. Es gab eine separate Toilette. Eine große Duschkabine und eine große runde Badewanne waren  nur mit einer Glaswand umgeben. Man konnte vom Bett aus ungestört hineinsehen. Auch die

Badewanne war aus Glas. An der Decke und den freien Wänden befanden sich große Spiegel. Anja war einiges, meist abstoßendes, gewohnt. Eine solche luxuriöse Einrichtung hatte sie noch nie kennengelernt. Anja schaute sich alles in Ruhe an. Lydia Vermont lächelte.

Anja schaute Lydia an und sprach: „Ich bin überwältigt. In Trondheim war ich in dem Drecksloch eingesperrt. Ich habe kaum Tageslicht gesehen. Der Boss dort war grob und böse, die Freier dreckig und besoffen. Das ist hier ein Unterschied wie Tag und Nacht. Werde ich hier die Herren befriedigen?"

„Ja, aber nicht nur Herren. Es kann auch sein, dass mal ein Paar oder eine einzelne Dame mit dir Spaß haben will. Das wird sich zeigen." sprach Lydia und lächelte.

„Ja, natürlich Miss Vermont, kein Problem." sprach Anja während sie sich weiter umschaute.

„Du kannst Lydia zu mir sagen. Die Damen und Herren werden dir gegenüber anonym bleiben. Auch nach den zwei Wochen hier. Alles was du hörst und siehst wird diskret behandelt. Klar?" Lydia Vermont schaute Anja nun etwas ernster an.

„Jaja, selbstverständlich." beeilte sich Anja zu sagen.

„Gut. Zu sagen wäre noch, dass wir eine kleine Lounge haben. Dort werden die Mahlzeiten serviert.

Geld bekommst du hier natürlich keines. Alles an Bord ist selbstverständlich kostenlos." erklärte Lydia Vermont.

„Sind alle Zimmer so eingerichtet?" fragte Anja.

„Nein, das Design ist in allen Zimmern unterschiedlich." war die kurze Antwort.

„Wie viele Zimmer gibt es?" fragte Anja weiter.

„Du bist ganz schön neugierig." sagte Lydia Vermont und sprach nach einer kurzen Pause weiter, „es gibt zehn Suiten für die Gäste und den Besitzer Herrn Jackson, sowie zehn Zimmer für die Gespielinnen, wie du und ich."

„Du auch?" fragte erstaunt Anja.

„Ja, natürlich. Ich bin allerdings schon fünf Jahre hier. Ich bin deshalb nicht nur zur Unterhaltung an Bord, sondern kümmere mich auch um die Mädchen und Jungs und Organisatorisches." antwortete Lydia.

„Hast du noch eine Frage?"

„Wo komme ich nach den zwei Wochen hin?" fragte Anja.

„In zwei Wochen sind wir in der Karibik. Dort kommst du dann auf ein großes Kreuzfahrtschiff. Ein schwimmender Swingerclub, sozusagen. Wie lange du dort bleiben wirst, weiß ich nicht. So eine Kreuzfahrt dauert in der Regel zwei Wochen." sprach Lydia.

„Schade. Ich wäre gerne hier geblieben." sagte Anja etwas traurig.

Lydia lächelte und sprach: „Das glaube ich. Das geht aber nicht. Sooo", sagte Lydia nun etwas gedehnt und schaute auf die Uhr, „dann komm erst einmal zur Ruhe. Es ist noch früh am Morgen. Leg dich ein bisschen hin. gegen 9.00 Uhr gibt es in der Lounge das Frühstück. Mach dich dann etwas frisch. Hier im Wandschrank sind ein paar Sachen. Ziehe dich hübsch an und komme dann hoch." Lydia nickt Anja kurz zu und verließ das Zimmer.

Anja schaute sich das Zimmer noch einmal genau an. Es war wirklich ein Traum. Bisher wurde sie von einer Kaschemme zur Anderen gebracht. Hier schien das Paradies zu sein. Anja wurde aber bewusst, dass sie hier auch nur ein Spielobjekt ist. Sie hatte auch hier nur eine Aufgabe, nämlich anderen als Lustobjekt zu dienen. Diese Jacht ist auch nur ein goldener Käfig. Trotzdem beschloss sie, diesen Aufenthalt hier zu genießen.

„Na gut." sprach Anja zu sich selbst und schaute sich in einem Wandspiegel an. Dann zog sie sich aus und ging unter die Dusche. Das Wasser lief prickelnd über ihren Körper. Sie genoss dieses warme Wasser, wie es über ihre Kopf, ihren Po und ihre Brüste floss. Solch ein schönes Gefühl hatte sie schon lange nicht mehr.

Nach der Dusche trocknete sie sich ab und föhnte sich die Haare. Auf einer Konsole standen verschiedene Sprays und Parfüms. Anja ging dann zum Bett und ließ sich nach hinten fallen. Da lag sie nun, splitternackt. Sie betrachtete sich so eine Weile in dem Spiegel über dem Bett. Dabei schlief sie ein. Nach ein paar Stunden wachte Anja erschrocken auf. Sie lag noch immer splitternackt auf dem Bett. Sie schaute auf die Uhr. Es war 8.30 Uhr. Schnell stand sie auf und ging duschen.

Dann ging sie zum Wandschrank, um sich anzukleiden. Es hingen sehr viele elegante Sachen im Schrank. Anja wählte ein langes feuerrotes, enges Kleid, welches ihre schlanke Figur betonte. Das Kleid hatte einen tiefen Ausschnitt und keine Ärmel. In einem Fach des Schrankes war eine kleine Schatulle. Anja öffnete sie. Sie war überrascht. Sie konnte es kaum glauben. In der Schatulle lag Schmuck. Sie nahm eine dezente Kette, einen schmalen Ring und ein paar kleine Ohrringe heraus und probierte sie an. Es passte alles wunderbar. Anja schaute sich wieder in einem Wandspiegel an. Ihre blonden Locken fielen über ihre Schulter. Dann zog sie sich ein paar leichte Pömps an, verließ das Zimmer und ging zur Lounge. Als sie in der Lounge ankam, waren schon einige Damen und Herren mittleren Alters anwesend und auch vier weitere junge Frauen waren dabei. Als Anja eintrat, schauten sie nur kurz auf. Lydia kam auf sie zu und betrachtete sie.

„Du siehst fantastisch aus. Die Sachen stehen dir richtig gut. Aber zum Frühstück musst du nicht ganz so elegant aussehen. Das ist mehr eine Abendkleidung. Komme mit. Ich möchte dich den Damen und Herren vorstellen. Ihre Namen wirst du allerdings nicht erfahren." sprach Lydia. Anja wurde nun den Anwesenden vorgestellt. Alle waren sehr vornehm und nett. Man merkte aber, dass es doch nur eine Musterung war, keine Vorstellung. Die Damen und Herren sollten sehen, mit was für einer Ware sie es zu tun hatten. Sie bemerkte auch gleich, wessen Appetit sie geweckt hatte. Als die Musterung beendet war, führte Lydia Anja zur Bar.

Dann ging die Tür auf und ein junger Mann kam herein. Lydia winkte ihm zu. Er kam herüber.

Lydia zeigte auf Anja: „Darf ich vorstellen? Das ist Robert."

Anja machte eine kleine Verbeugung und sagte steif: „Guten Tag, ich bin Anja."

Lydia lachte: „Nicht so steif. Robert ist aus demselben Grund hier wie du. Er ist allerdings gestern Abend schon hierhergekommen. Er kam mit einem Flieger aus Oslo."

„Eigentlich komme ich aus Berlin. Ich bin nur über Oslo hierher geflogen. Herr Jackson hat mich gebucht, um einigen Herren und Damen die Freizeit zu versüßen. Und du?" Robert lachte leicht.

„Ich, ich..." Anja stockte.

„Anja gehört Guiseppe. Er bat uns, sie hier unterzubringen." erklärte Lydia.

„Ich verstehe. Ich kenne Guiseppe. Irgendwie ist es eigenartig. Die Szene ist beunruhigt. Irgendetwas geht hier vor. Guiseppe fragt sonst nie. Er handelt einfach. Er fragte mich auch einmal, ob ich nicht für ihn arbeiten möchte. Ich hatte abgelehnt. Ich habe mich einer Agentur in Berlin angeboten. Die vermitteln mich regelmäßig und die Bedingungen sind sehr angenehm. Ich bin da mein eigner Herr. Und nun bin ich hier." erklärte lachend Robert.

Lydia nickte und sagte: „Ja, mir geht es hier auch sehr gut. Ich bin nun schon seit Jahren bei Franklin. Er hat mich immer gut behandelt. Ab und zu nimmt er mich, manchmal auch andere Mädels. Ich darf auch manchmal wählen, mit wem ich ins Bett gehe. Wenn mich abends niemand will, suche ich mir einfach jemanden, meistens ein süßes Mädchen." Lydia lachte. Anja schwieg. Sie hatte diese Freiheit nicht. Sie dachte an die Kaschemmen und Kneipen in Norwegen. Das war grauenvoll. Sie wurde von allen wie eine Sklavin behandelt. Im Grunde ihres Herzens wollte sie nur raus. Sie war aber nie allein. Immer stand sie unter Aufsicht. Wenn sie ausbrechen sollte, wäre das ihr sicherer Tod. Also fügte sie sich.

Der Tag an Bord verlief ziemlich ruhig.

Nach dem Dinner kam Lydia auf Anja zu: „Heute Nacht kommst du zu mir. Ich habe mit Franklin gesprochen. Ich habe mich schon den ganzen Tag auf dich gefreut. Es haben auch zwei Herren gesundheitsbedingt abgesagt. Damit haben wir auch mehr Zeit für uns." Sie fasste Anja an der Hand und führte sie in ihr Zimmer. Dort angekommen, zog Lydia Anja langsam aus. Sie streichelte ihr übers Haar und küsste sie. Anja fügte sich. Lydia zog Anja langsam ins Bett. Lydia streichelte und küsste Anjas Brüste. Ihre Küsse wurden immer leidenschaftlicher. Lydia ihre Zunge suchte und fand die Zunge von Anja. Langsam und sanft spielten ihre Zungen miteinander. Ihr Liebesspiel wurde immer heftiger. Anja fügte sich und spielte das Spiel mit.

Sie ließ sich nichts anmerken. Sie liebkoste Lydias Körper und gab ihr das Gefühl von Lust und Leidenschaft.

18.

Martin war wieder bei Pfarrer Heinrich zu Gast. Auch Michael Hoffmann war anwesend. Man unterhielt sich zunächst über rein belanglose Dinge. Aber so nach und nach wurden sie konkreter.

„Wissen Sie, Herr Mayer, es ist gut, dass Sie zu uns gekommen sind. Junge Leute sind uns immer willkommen. Ich bin mir aber noch nicht sicher, ob Sie reif genug sind, etwas zu unternehmen." sprach Hoffmann.

„Ich weiß nicht, was Sie meinen?" Martin schaute Hoffmann fragend an.

„Nun, was Herr Hoffmann meint, wir wissen nicht, ob Sie schon selbstständig zur Tat schreiten könnten." sagte Pfarrer Heinrich.

„Ich verstehe nicht. Was meinen Sie mit selbständig?" fragte Martin.

„Nun, könnten Sie jemanden eliminieren?" fragte nun Hoffmann unverblümt.

Martin wurde es siedend heiß. Er hatte etwas Derartiges befürchtet. Ihm war immer klar, dass dies irgendwann auf ihn zukommt. Er hatte diese Aufgabe übernommen. Nun gibt es kein Zurück mehr. Aber sollte er wirklich einen Mord begehen? Das konnte er unmöglich tun. Martin machte sich innerlich Vorwürfe, dass er mit Krieger über einen solchen Fall nicht gesprochen hat. Was sollte er nun tun? Martin überlegte. Das merkten natürlich auch Heinrich und Hoffmann.

„Sie sehen so zögerlich aus." sprach Hoffmann und sah Martin an.

„Naja, ich habe so etwas noch nie getan, aber ich glaube schon, dass ich eine unwürdige, lasterhafte, vom Teufel besessene Person ausschalten kann." sprach Martin entschlossen. Hoffmann und Heinrich sahen sich an. Martin sprach weiter: „Es müsste nur eine Person sein, welche hier in Deutschland sich befindet. Ich möchte mich nicht ins Ausland begeben."

„Das lässt sich machen. Allerdings wird es nicht hier in Rostock sein." sprach Hoffmann.

„Es darf auch kein Fehler passieren." sagte Pfarrer Heinrich.

„Vielleicht kann ich erst einmal jemanden begleiten?" fragte Martin.

„So etwas machen wir nicht. Jeder muss dies für sich allein durchziehen. Es darf keine Mitwisser bei der Tat geben. Das würde die gesamte Organisation gefährden. Aber vielleicht machen wir für Sie eine Ausnahme.  Mal sehen." sprach Hoffmann.

„Ja, verstehe." Martin nickte.

„Junger Mann, sie sind jetzt Teil unserer Gemeinschaft. Ein Zurück gibt es nicht mehr. Das müssen Sie verstehen. Wir müssen uns zu einhundert Prozent auf Sie verlassen. Wir werden auch nie zögern, unsere Gemeinschaft zu schützen und zu verteidigen." sprach Hoffmann. Das war schon eine kleine Drohung an Martin.

„Das ist mir bewusst. Wie soll es nun weitergehen? Ich bin aber kein guter Schütze." sprach Martin.

„Wenn Sie wollen, könnten wir Ihnen da behilflich sein. Ich bin in einem Schützenverein. Ich kann Ihnen helfen." sprach Hoffmann.

„Das wäre gut." sagte Martin nur.

„Gut. Junger Mann, wir werden das organisieren. Kommen Sie in vier Tagen zu mir in die Kirche. Sie erhalten dann weitere Informationen." Pfarrer Heinrich stand auf und reichte Martin die Hand. Martin stand ebenfalls auf. Dann verabschiedete er sich und ging zur Ausgangstür.

Nachdem Martin gegangen war, sahen Hoffmann und Pfarrer Heinrich sich zunächst schweigend an.

„Sie haben Bedenken?" fragte Heinrich.

„Ja, wenn ich ehrlich bin. Er war sehr zögerlich." sagte Hoffmann.

„Was haben Sie erwartet? Natürlich ist er zögerlich. Seine christliche Überzeugung verbietet ihm das

Töten. Dass es hier um das Ausmerzen von Unzucht geht, hat er erkannt. Nur das zählt. Er schafft das schon. Es gibt nicht viele junge Leute, welche uns glauben, eine Gesellschaft zu erschaffen, in der es wieder nach Ordnung und Recht geht. Die großen Kirchen sind schon lange vom rechten Glauben abgekommen. Das macht es uns einfacher, dumme Rekruten zu bekommen." sprach der Pfarrer und lachte leise.

„Ich bin ja ganz ihrer Meinung. Aber wir müssen auch vorsichtig sein. Wir haben mächtige Feinde. Wenn wir wollen, dass wir künftig eine große Rolle spielen, müssen wir in dieser sogenannten Community und der Rotlichtszene Chaos stiften. Diese Leute müssen verstehen, dass wir künftig am Ruder sind." meinte Hoffmann.


19.

Samstag war Fußball angesagt. Martin ging ins Stadion. Unterwegs ging er noch in ein Einkaufszentrum. Er achtete darauf, dass ihn niemand folgte. Im Stadion angekommen, ging er direkt zu seinem Stammplatz. Seine unmittelbaren Nachbarplätze waren von Sicherheitsleuten des LKA besetzt. Direkt neben ihm saßen Krieger auf der einen Seite und Catia Camara auf der anderen. Als Martin sich setzte, begrüßte man sich nur mit einem kurzen „Hallo." Dann wechselte man ein paar Worte zum heutigen Spiel und zu den anderen Bundesligaspielen. So, wie das halt alle Fußballfans im Stadion so machten. Die Stimmung im Stadion war gut und wie immer sehr laut. So konnte man sich ungestört unterhalten. Ab und zu sprang man von den Sitzen auf und gestikulierte. Das gehört sich beim Fußball so.

Nachdem das Spiel zehn Minuten lief, sprach Martin wie nebenbei zu Krieger: „Man will, dass ich jemanden töte. Der Pfarrer und dieser Hoffmann haben mich konkret angesprochen."

„Wir wussten, dass dies irgendwann zur Sprache kommt. Das geht natürlich auf keinen Fall. Aber noch etwas, wenn Sie mit uns sprechen, dann schauen Sie etwas nach unten. Falls wir beobachtet werden, könnte man unsere Mundbewegungen deuten." meinte Krieger.

„Okay." Martin räusperte sich. Dann sprach er weiter und hielt sich die Hand etwas über den Mund.

„Natürlich kann ich nicht töten. Das mache ich nicht. Das geht eindeutig zu weit. Sie müssen sich was einfallen lassen. Ich soll in einem Schützenverein das Schießen lernen." sagte Martin.

Auf dem Spielfeld gab es gerade ein Foul der Gegenmannschaft. Alle, auch Martin und Krieger sprangen erregt auf und gestikulierten.

Nachdem man sich wieder beruhigt hatte, fragte Krieger: „Welcher Verein soll das sein?"

„Das weiß ich noch nicht. Aber wir müssen was unternehmen. Ich kann doch niemanden töten!" Martin war ziemlich erregt.

„Natürlich nicht. Beruhigen Sie sich. Ich habe schon an so etwas gedacht. In nächster Zeit wird es einen Anschlag geben. Ein führendes Mitglied dieser Organisation wird dabei eliminiert. Wir haben gute Kontakte nach Italien. In Neapel und Kalabrien ist man schon ziemlich aufgeregt. Es hat dort drei Morde gegeben. In Neapel wurden zwei Prostituierte erschossen. In Catanzaro wurde ein Zuhälter mit einem gestohlenem Auto überfahren. Die Mafia glaubt nicht an einen Konflikt mit der Konkurrenz. Wir werden ihnen einen kleinen Tipp geben. Man wird handeln. Mal sehen, wie man in der Organisation reagiert." erklärte Catia Camara.

Jetzt fiel ein Tor für die Rostocker Mannschaft. Alle sprangen auf und jubelten. Ungestörter konnte man sich gar nicht verständigen.

Martin sah Krieger an und zeigte dabei mit der Hand aufs Spielfeld: „Ist das nicht gefährlich? Das kann viele Tote geben. Vielleicht ist auch Anja dabei sehr gefährdet. Und wieso habt ihr Kontakte zur Mafia?"

„Wir wissen, wer in der Mafia aktiv ist. Man kann ihnen nur nichts rechtlich nachweisen. Deswegen kann man ihnen ja trotzdem einen Tipp geben. Und wo ihre Anja steckt? Wir wissen nicht wo sie sich befindet. Wir haben schon unsere Fühler nach ihr ausgestreckt, aber sie ist wie von der Bildfläche verschwunden." sagte Krieger.

„Sie muss ständig wo anders hin. Zuletzt war sie wahrscheinlich in Trondheim, in Norwegen. Genau wissen wir es nicht." sagte Catia Camara.

„Und, was soll ich jetzt machen?" fragte Martin.

„Sie werden schießen lernen. Sie können sich dabei etwas, wie soll ich sagen, tollpatschig anstellen. Dadurch gewinnen Sie Zeit. Da Sie schießen lernen sollen, kann man andere Tötungsarten erst mal ausschließen." erklärte Krieger und zeigte mit dem Finger aufs Spielfeld und gestikulierte scheinbar über das Spiel.

In der Halbzeitpause holte sich Martin eine Bratwurst. Catia Camara sagte zu Krieger: „Wir wissen doch genau, wo sich diese Anja befindet.

Wollen wir es ihm nicht doch sagen? Ich finde es etwas unfair. Es würde ihn auch etwas beruhigen."

„Nein. Er würde versuchen, zu ihr zu gelangen. Wir brauchen ihn Undercover. So lange er keine Ahnung hat, wird er machen, was wir wollen. Das ist viel wichtiger. Soll er erst mal schießen lernen." sprach Krieger.

„Aber die Organisation wird weiter versuchen, Anja zu töten. So war der Auftrag. Und er wird ausgeführt werden. Wenn sie stirbt, wissen wir nicht, wie er reagiert. Die Explosion in der Kneipe in Trondheim war vermutlich auch von dieser Sekte initiiert. Die werden immer brutaler. Der Kneipier, fünf Gäste und drei Huren sind tot. Ich glaube auch nicht, dass es der Organisation um christliche Überzeugung geht. Da steckt was anderes dahinter." gab Catia Camara zu bedenken.

„Sie könnten Recht haben.  Martin muss es ja nicht von uns erfahren, wenn der kleinen Hure etwas passiert." meinte Krieger eiskalt.

Catia Camara nickte nur und sagte: „Aber von der Organisation kann er es erfahren."

„Wir werden sehen." sprach Krieger.

Als Martin zurückkam, sprachen sie dann erst mal nur über das Spiel. In der zweiten Halbzeit hielt man sich mit weiteren Diskussionen zurück. Nach dem

Spielende sagte Krieger nur: „Ich melde mich wieder." Dann standen alle auf und verließen das Stadion auf getrennten Wegen.

## 20.

Auf der Luxusjacht ging es inzwischen ruhig zu. Man war jetzt schon im Atlantik. Die Temperaturen waren sehr angenehm, sodass man an Deck etwas entspannen konnte. Die Mädels und Robert gingen zumeist in knappen Badesachen an Deck. Ab und zu sollten die Mädels auch „oben ohne" auf Deck erscheinen. Die Gäste amüsierten sich. Franklin Jackson gab sich immer großzügig. Da es weniger Gäste als ursprünglich geplant gab, hatte Anja auch nicht jede Nacht Besuch. Die Damen und Herren gaben sich auch ziemlich zivilisiert. Es gab kaum außergewöhnliche Wünsche. Ab und zu wurde Anja auch zu einem Pärchen gerufen. Aber man behandelte die Mädels anständig. Es gab auch ein älteres Ehepaar an Bord, welches getrennt ihren Spaß hatte. Der Mann vergnügte sich mit einem Mädchen, die Frau spielte mit Robert. Manchmal nahmen sie sich auch gemeinsam jemanden zum Spielen.

Aber Anja wurde trotzdem bewusst, dass sie nur Spielzeug war, ein Ding, welches man zum Vergnügen benutzte. Sie wurde nicht als Mensch gesehen. Man hatte einfach einen Spaß mit ihr. Ob sie Spaß hatte, interessierte niemanden. Anja sehnte sich nach einem Leben, wo sie bestimmte, was mit ihr geschieht. Ein Leben, in welchem sie nicht benutzt wird, sondern gefragt wird, was ihr gefällt. Sie hat noch nie erfahren, dass Sex etwas sehr Schönes sein kann. Und sie hatte den Wunsch, endlich einmal geliebt zu werden. Sie möchte begehrt werden als Mensch und Frau, nicht als Lustobjekt. Immer wieder dachte Anja darüber nach. Und sie dachte an den jungen Polizisten, welcher ihr in einem Café begegnete und sie als gleichwertigen Mensch behandelte.

Wieder einmal lag sie mit Lydia im Bett. Es war nachmittags. Lydia genoss es, mit einer Frau zu schlafen. Es bereitete ihr großes Vergnügen. Nur widerwärtig schlief sie mit einem Mann. Sie tat es, wenn sie es musste. Sie ließ sich das nicht anmerken. Bereitwillig tat sie alles, damit es dem Freier Spaß bereitet. Sie küsste die Freier und verwöhnte sie am Unterleib. Aber richtig Spaß hatte sie nur mit einer Frau. Bei Anja ist es umgekehrt. Aber Lydia war die rechte Hand von Franklin Jackson. Sie hatte zwar große Freiheiten, aber letzten Endes hatte auch sie zu gehorchen. Aber Anja musste auch tun was Lydia wollte.

Anja und Lydia lagen nun zusammen im Bett. Lydia lag neben Anja. Sie sah ihr ins Gesicht. Ihre rechte Hand lag auf Anjas Brust und streichelte sie sanft. Dann beugte sie sich über sie und küsste sie leidenschaftlich. Anja ließ es geschehen. Lydia ihr Mund wandte sich nun Anjas Brüsten, ihrem Schoß und ihrem Anus zu. Lydias Lust kannte keine Grenzen. Anja tat es ihr gleich. Auch sie küsste Lydias Brüste, ihren Anus und ihre Vulva. Nachdem Lydia voll befriedigt war, lagen beide erschöpft nebeneinander. Anja schaute Lydia ins Gesicht und fragte: „Wie bist du eigentlich hierhergekommen?"

„Ich war in einem Bordell in Paris tätig. Eines Nachts war Franklin mein Freier. Es hat ihn mit mir wahrscheinlich richtig Spaß gemacht. Und eines Tages holte er mich ab. Er sagte mir, dass er sich mit meinem Zuhälter geeinigt hatte und ich nun ihm gehöre. Ich ging also mit ihm mit und landete auf diesem Schiff. Das war vor fast fünf Jahren. So nach und nach gab er mir auch andere Aufgaben, als mit ihm zu schlafen. Und so bin ich nun auch so eine Art Assistentin von ihm. Und wenn ein Freier mit mir schlafen will, tu ich das auch. Aber ich habe so halt meine gewissen Freiheiten. Und mit dir macht es mir im Moment besonders Spaß." Lydia lachte.

„Ich würde am liebsten auch hier bleiben." sagte Anja.

„Das geht aber nicht. Das kannst du dir aus dem Kopf schlagen. In vier Tagen sind wir auf Grenada. Dort wartet ein etwas größeres Schiff. Dort wirst du dann arbeiten." sprach Lydia.

Anja nickte traurig und sagte: „Jaja, ich weiß. Aber man wird ja auch mal träumen dürfen."

„Träumen schon. Mehr aber auch nicht. Aber auf dem Schiff wird es dir immer noch besser gehen, als in irgendwelchen Kneipen und Kaschemmen." meinte Lydia.

„Wer hat eigentlich meinen Pass?" fragte Anja.

„Den habe ich. Ich gebe ihn dann an denjenigen, der dich abholt." antwortete Lydia.

Ein leises Klingeln ertönte. Lydia schaute auf ihre Uhr und sagte: „Wir müssen hoch an Deck. Wir werden zum Dinner erwartet. Weißt du schon, ob jemand dich heute Abend haben will?"

„Ja. Der kleine Grieche hat mich wohl schon gebucht. Er nahm mich schon einmal vor ein paar Tagen." erklärte Anja.

„Ja. Ich bin heute Abend bei der jungen Tochter von dem Spanier." sprach Lydia.

„Bei ihr war ich auch schon eine Nacht." sagte Anja.

Lydia gab Anja noch einen langen Kuss und stand dann auf.

„Komm. Wir müssen!" sprach sie. Anja nickte und stand ebenfalls auf.

Als Anja und Lydia an Deck erschienen, kam der Grieche schon auf Anja zu und sprach zu ihr: „Setz dich zu mir an den Tisch. Nach dem Dinner gehen wir noch an die Bar, bevor wir zu mir ins Zimmer gehen." Anja nickte leicht und lächelte.

21.

Seit einiger Zeit nahm Martin nun schon Schießunterricht in einem Schützenverein in der Nähe von Fiethagen. Er stellte sich nicht sehr geschickt an. Er hatte es so mit Krieger verabredet. Martin hoffte nur, dass es nicht so auffällig war.

Als er eines Tages wieder abends im Verein war, bemerkte er, dass eine ungewöhnliche Hektik herrschte. Michael Hoffmann war ebenfalls da. Er las gerade eine Nachricht auf seinem Smartphone. Da kamen Graf von Steyerburg und zwei kräftige Herren zur Tür herein. Sie gingen direkt auf Hoffmann zu. Martin stand am Tresen und hielt sein Gewehr in der rechten Hand. Dann kam Hoffmann auf Martin zu, zeigte auf zwei Stühle und sprach: „Etwas Schlimmes ist passiert. Herr von Schünzbach ist erschossen worden." Martin und Hoffmann setzten sich.

„Waaas? Das ist ja furchtbar. Wie kann das passieren?" fragte Martin entsetzt.

Hoffmann zuckte mit den Schultern und sagte: „Er ist auf offener Straße in Hamburg erschossen worden. Seine Frau wurde schwer verletzt. Sie waren in der Speicherstadt in einer Kaffeerösterei. Als sie herauskamen wurde gezielt auf sie beide geschossen. Wahrscheinlich direkt aus einem Boot."

„Und, weiß man schon, wer dahinter steckt?" Martin tat immer noch geschockt.

„Nein. Aber ich könnte mir vorstellen, dass gewisse Kreise aus Italien oder Russland dahinter stecken." meinte Hoffmann.

„Weshalb gerade Russland oder Italien?" wollte Martin wissen.

„Weil aus beiden Länder Mafiaorganisationen durch Zuhälterei und Menschenhandel viel Geld verdienen. Und wir spucken ihnen in die Suppe." erklärte Hoffmann.

Martin hatte immer noch das Gewehr in der Hand. Er schüttelte den Kopf.

„Das ist Wahnsinn." sprach Martin.

„Ein junger Mann unserer Organisation war etwas zu eifrig. Er hatte ein Lokal in Trondheim in die Luft gesprengt. Es gab etliche Tote. Die Kneipe gehörte wohl einer italienischen Organisation." sprach Hoffmann.

„In Trondheim?" Martin wurde plötzlich nervös. Hoffmann bemerkte dies und fragte: „Was haben Sie? Es war nur eine Kneipe mit einem illegalen Bordell. Die Toten waren der Kneipier, ein paar besoffene Gäste und paar einfache Nutten. Also kein Verlust."

Martin dachte an Anja. Was, wenn ihr was passiert ist? Ich muss Krieger kontaktieren.

„Dann bin ich beruhigt", sprach Martin eilig. „ich dachte, es wäre schlimmer, weil Sie sagten, unser Mann war zu eifrig."

„War er auch. Er sollte nicht das ganze Lokal in die Luft jagen. Die Nutten abknallen, hätte gereicht. Nun haben wir auch noch die norwegische Polizei auf dem Hals. Und das Ergebnis ist nun der Tod unseres geschätzten Herrn von Schünzbach. Wir sind hier nicht mehr sicher. Herr von Steyerburg sagte, dass wir unsere Aktivitäten nun mehr nach Lateinamerika und Afrika verlagern. Der Sündenpfuhl ist dort sowieso größer." sprach Hoffmann.

„Heißt das, dass wir hier in Deutschland nicht mehr aktiv sind?" wollte Martin wissen.

„Vorerst. In ein bis zwei Jahren werden wir wieder aktiv werden. Europa ist nicht mehr sicher." sprach Hoffmann.

„Und was soll ich nun tun?" fragte Martin.

„Sie könnten hier erst einmal normal ihrer Arbeit nachgehen, oder Sie gehen für uns nach Südamerika oder Afrika. Na, was ist? Hätten Sie Interesse?" Hoffmann sah Martin an.

„Nach Südamerika? Oder nach Afrika?" fragte Martin erstaunt.

„Warum nicht? Im südlichen Afrika leben zum Beispiel viele Deutsche. Es sind auch wahre Patrioten darunter. Dass die Schwarzen dort die Macht übernommen haben, gefällt ihnen bis heute nicht. Oder nehmen wir Südamerika. In Chile, Paraguay, Peru oder Brasilien leben auch viele Deutsche. Sie sind nach dem zweiten Weltkrieg dort untergekommen. Ihre Nachkommen haben bis heute eine patriotische Grundhaltung. Sie könnten dort für uns arbeiten." sprach Hoffmann.

„Das ist eine schwierige Entscheidung. Ich war noch nie im Ausland. Ich spreche auch keine Fremdsprache." sagte Martin.

„Das ist kein Problem. Das lernen sie vor Ort schnell. Unsere Freunde dort sprechen deutsch." meinte Hoffmann.

„Bis wann muss ich mich entscheiden?" fragte Martin.

„Ich habe jetzt wenig Zeit. Kommen Sie nächste Woche in die Pfarrei. Dann sprechen wir noch einmal darüber. Alles klar?" Hoffmann stand auf und gab Martin die Hand.

„Gut." sagte Martin kurz.


22.

Am nächsten Tag ging Martin wieder in den Zoo. Er schlenderte langsam von Gehege zu Gehege. Als er bei den Eisbären ankam, stand Krieger schon da. Er hatte eine Kamera mit und fotografierte fleißig. Martin stellte sich wie zufällig daneben. Einige Minuten standen nun beide schweigend nebeneinander.

Krieger wollte gerade wieder ein Foto schießen, da sprach Martin ihn an: „Schöne Kamera haben Sie da."

„Ja. Es ist eine ganz neue Spiegelreflexkamera. Macht tolle Bilder." sagte Krieger.

„Darf ich Sie ein Stück begleiten?" fragte Martin.

„Natürlich. Kommen Sie. Gehen wir hier ins Polarium. Das ist absolut sehenswert." sprach Krieger und ging mit Martin in das Gebäude.

Krieger schaute sich um. Es war nur eine junge Mutter mit ihrem Kind im Polarium. Krieger schaute Martin an und fragte: „Was gibt es Neues?"

„In Trondheim ist eine Kneipe mit einem Bordell in die Luft gejagt worden. Ich möchte wissen, ob Anja etwas passiert ist?" fragte Martin.

„So viel wir wissen, war Anja nicht unter den Opfern. Sie wurde wohl auf ein Schiff gebracht, um dort ihre Dienste anzubieten. So eine Luxusjacht eines reichen Briten. Sie ist aber nicht mehr in Europa." erklärte Krieger.

„Einer der führenden Köpfe, dieser von Schünzbach, ist wohl in Hamburg ermordet worden. Die Organisation vermutet die Mafia dahinter. Es wird ihnen zu heiß hier in Europa. Man will mehr nach Afrika oder Südamerika ausweichen. Dort hat man wahrscheinlich viele Anhänger." erklärte Martin.

„Das stimmt wahrscheinlich. Auf beiden Kontinenten sind evangelikale Kräfte sehr stark. Das sind christliche Fundamentalisten, welche die Bibel wortwörtlich nehmen." sagte Krieger.

„Man hat mir vorgeschlagen, dass ich dorthin könnte, um mit diesen Kräften wahrscheinlich Kontakt aufzunehmen." sprach Martin.

„Und? Werden Sie gehen?" wollte Krieger wissen.

„Ich weiß nicht." sagte Martin unschlüssig.

„Vielleicht sollten Sie das machen. Ihre Anja ist irgendwo unterwegs in diese Richtung. Und von uns gibt es da keine Bedenken. Wir nennen Ihnen eine Kontaktperson dort. Brasilien wäre gut. Dorthin haben wir die besten Kontakte. Und noch etwas: dieser Herr von Schünzbach heißt eigentlich Hasso Lehnert." sprach Krieger.

„Wahrscheinlich sind alle Namen falsch. Und ihr wisst genau, dass Anja dorthin unterwegs ist?" fragt Martin.

„Genaueres wissen wir nicht. Sie ist auf so einer Jacht. Dieser Brite hat ein paar gute Freunde und Freundinnen an Bord eingeladen. Einer von denen arbeitet für uns. Und wir wissen von ihm, dass eine Anja in Trondheim an Bord kam. Wir haben im Moment keinen Kontakt. Sie haben in Funchal in Madeira einen kurzen Stopp. Die Mädchen dürfen allerdings in der Regel die Jacht nicht verlassen. Außer die Sekretärin dieses Briten. Die ist eine ehemalige Nutte. Ab und zu muss sie allerdings auch mal ran. Wenn ein Gast es ausdrücklich will, muss sie sich fügen. Mehr wissen wir von der Jacht auch nicht. Das genaue Ziel liegt wohl in der Karibik. Wir müssen mehr wissen. Ich kann mir nicht vorstellen, dass es wirklich um Religion geht." erklärte Krieger.

„Wer kümmert sich um meine Sachen hier? Muss ich in der Firma kündigen?" wollte Martin nun wissen.

„Um die Wohnung kümmern wir uns. Sie sagen den Leuten in der Organisation, dass ein Arbeitskollege sich um alles kümmert. Um die Kündigung kümmern wir uns auch. Es ist schließlich unsere Firma. Das weiß nur niemand." sagte Krieger und lachte leicht.

„Na gut, ich werde es tun." sagte schließlich Martin.

„Okay. Kurz vor Abflug müssen wir noch einmal Kontakt aufnehmen. Sie sagen mir dann, wohin sie kommen." sprach Krieger, nickte noch einmal, zeigte auf die Pinguine und ging langsam des Weges.

Martin schaute sich im Zoo noch ein wenig um und ging dann nach Hause. Als er in seiner Straße entlang lief, bemerkte er zwei Transporter vorm Haus. Es ist keine sehr belebte Straße. Fremde Transporter fallen da sofort auf. Martin wurde stutzig. Er stellt sich in eine Garageneinfahrt und beobachtete die Transporter. Es tat sich allerdings nichts. Er sah auch niemanden in den Autos sitzen. Martin nahm sein Handy und schrieb etwas. Langsam ging er zu seiner Haustür. Plötzlich hörte er hinter sich schnelle

Schritte. Martin drehte sich um, aber ehe er sich versah, hielt ihm jemand einen Wattebausch vor das Gesicht. Martin merkte noch, wie ihm ein Beutel über den Kopf gelegt wurde. Dann wurde er ohnmächtig.

## 23.

An Bord der Luxusjacht ging es ziemlich ruhig zu. Tagein, tagaus das Gleiche. Man frühstückte und ging dann an Deck. Inzwischen war es sehr warm geworden. Das Wetter zeigte sich von seiner Sonnenseite. Vormittags waren alle auf dem Oberdeck. Dort waren eine kleine Bar und ein Swimmingpool. Anja war meist damit beschäftigt den Damen und Herren Drinks und kleine Snacks zu servieren. Am Abend dann saß sie meist bei einem der älteren Herren am Tisch, unterhielt sich mit den Herren und ging dann mit einem, manchmal auch zweien auf ein Zimmer. An das, was dann geschah, hatte sie sich gewöhnt. Es war das, was sie schon ihr ganzes Leben machte. Es gab sogar Abende, in welchen sie keinen Herren aufs Zimmer folgen musste. Dann kam Lydia zu ihr. Aber auch daran hatte sie sich schon gewöhnt. Aber sie wurde immer gut behandelt. Es machte ihr verhältnismäßig richtig

Spaß. Es war schon fast wie Urlaub. Sie hatte oft in der Vergangenheit solche Bilder gesehen. Reiche Männer mieteten sich ein paar wesentlich jüngere Mädchen und dann ging es auf Vergnügungstour. Anja saß meist in verräucherten, stinkenden Kaschemmen. Und nun war sie auf solch einer Jacht. Natürlich war sie hier auch nur eine Hure. Aber es war trotzdem ein Unterschied wie Tag und Nacht. Anja wollte zwar immer irgendwie aussteigen aus diesem Geschäft. Aber überall wurde sie wie eine Sklavin behandelt. Nie konnte sie machen, was sie wollte. Manchmal wurde sie sogar verprügelt. Hier aber fühlte sie sich zum ersten Mal wohl. Aber trotzdem war es hier auf der Jacht ein angenehmes Leben.

Eines Abends kam wieder Lydia in ihr Zimmer. Anja war gerade unter der Dusche. Lydia sah das natürlich und zog sich ebenfalls aus und ging zu Anja in die Dusche. Sie streichelte langsam Anja. Unter der Dusche küssten sie sich und streichelten sich gegenseitig mit den Händen über ihre Körper. Dann trockneten sie sich ebenfalls gegenseitig ab. Dabei liebkosten sie sich und küssten sich. Dann gingen sie ins Bett. Lydia hatte wie immer viel Spaß. Anja machte es, weil Lydia dies erwartete. Sie mochte es nicht, aber sie tat es emotionslos. Aber Anja gab sich große Mühe. Sie wollte, dass es Lydia gefällt. Vielleicht gab es eine Möglichkeit, an Bord des Schiffes zu bleiben. Lydia wollte von Anja nur ihre eigene Lust, ihren eigenen Appetit stillen. Sie war zwar selbst nicht ganz frei. Aber gewisse Dinge konnte sie sich trotzdem leisten. Sie schlief nicht gern mit Männern. Sie machte es, weil sie musste. Aber ihr Zuhälter gestattete ihr manchmal, dass sie sich ein Mädchen zum eigenen Vergnügen nahm. Und sie fand Anja sehr süß. Sie genoss es, wenn Anja sie küsste, ihre Brüste streichelte und küsste. Sie mag Anjas Zunge. Sie liebte es, wenn Anja ihre Vulva mit der Zunge verwöhnte, wenn sie ihr den Anus küsste und sie liebte es, wenn sie selbst in den Genuss von Anjas Vulva und Anus kam. Was Anja dabei fühlte, interessierte sie nicht.

Sie lagen nun erschöpft nebeneinander. Ab und zu küssten sie sich.

„Lydia", sprach Anja, „kann ich nicht auch hier an Bord bleiben? Ich würde dich auch immer glücklich machen."

„Das geht leider nicht. Franklin hat mit Guiseppe ein Geschäft gemacht. In zwei Tagen sind wir auf Grenada. Dort wartet ein großes Vergnügungsschiff. Dort wirst du erwartet. Glaube mir, ich hätte dich gern noch ein paar Wochen hier gehabt. Aber ich bin auch nicht ganz frei. Das weißt du. Da kann selbst Franklin nichts machen." sprach Lydia.

„Schade. Ich wäre gerne geblieben." sagte Anja enttäuscht.

„Ich weiß. Aber du wirst sehen, so schlecht ist es auf dem großen Schiff nicht. Du wirst vielleicht mehrere Freier haben. Aber es ist tausendmal besser, als in irgendwelchen Kneipen. Und das Wetter ist dort auch angenehm." sagte Lydia. Anja nickte und machte trotzdem ein trauriges Gesicht.

„Komm, ich möchte noch etwas Spaß haben." sprach Lydia und drehte sich auf den Bauch.

Anja wusste, was Lydia nun wollte. Sie streichelte und küsste Lydias Rücken. Sie küsste ihre Pobacken und liebkoste ihren Anus. Lydia genoss es.


24.

Martin wachte auf. Ihm war richtig schwindlig im Kopf. Die Tüte hatte er nicht mehr auf dem Kopf. Er saß auf etwas hartem. Wahrscheinlich war es ein Stuhl. Martin konnte es nicht sehen. Im Raum war es dunkel. Martin sah gar nichts. Es war, als wäre er blind. Es war auch kein Geräusch zu hören. Martin rief: „Hallo. Ist hier jemand? Was soll das? Was wollt ihr von mir?"

Hinter Martin ging eine Tür auf. Ein heller Schein war im Zimmer zu sehen. Dann ging das Licht an. Martin blendete das plötzliche Licht sehr. Er kniff die Augen zusammen. Er sah jetzt, dass er in einem großen Raum saß. Vor ihm stand ein Tisch. Ein weiterer Stuhl stand ihm gegenüber. Martin hörte hinter sich Schritte. Ein Mann nahm vor ihm Platz und sah Martin schweigend an. Er war mittleren Alters. Er war nicht sehr groß und hatte schütteres Haar. Er schien südländischer Herkunft zu sein. Sein Teint sprach zumindest dafür.

„Was wollen Sie von mir? Wer sind Sie?" fragte Martin.

„Wer ich bin? Das spielt keine Rolle. Wer aber bist du?" fragte sein Gegenüber.

„Ich bin Martin Meyer. Angestellter einer Sicherheitsfirma in Rostock." antwortete Martin.

„Aja. Natürlich. Hm, wir wissen, dass du an einem Geheimtreffen in Fiethagen teilgenommen hast. Und auf einem Foto in Bad Wuhlau, wo ein Mädchen erschossen wurde, bist du ebenso zu sehen." sprach der Mann und schob Martin ein Foto hin, wo er neben der Leiche der ermordeten Prostituierten in Bad Wuhlau kniete.

Martin holte tief Luft. Er schaute sein Gegenüber an und fragte: „Wer bist du?"

„Wir wissen inzwischen, dass du Polizist bist. Wir wissen nur nicht, welche Rolle du spielst?" der Mann lehnte sich zurück und schaute Martin fragend an.

„Ich kann nichts dazu sagen. Ich heiße Martin Meyer. Das muss eine Verwechslung sein." antwortete Martin.

Der Mann stand auf und gab Martin mit dem Handrücken eine schallende Ohrfeige. Dann sagte er ruhig: „Ich glaube, ich muss deutlicher werden. Für welche Organisation arbeitest du und was habt ihr vor?"

Dann ging die Tür auf und eine junge Frau schaute herein. Sie winkte kurz. Der Mann stand auf und sagte noch kurz zu Martin: „Überlege dir gut, was du uns erzählst."

Es vergingen ein paar Minuten, welche Martin ewig vorkamen. Schließlich kamen der Mann und die Frau zurück. Die Frau setzte sich, während der Mann Martin die Fesseln abnahm. Martin rieb sich die Handgelenke. Sie schmerzten etwas. Der Mann setzte sich nun auf die Tischkante.

„So, " sprach der Mann, „du hast Glück. Wir erfuhren eben, dass du diesmal auf der richtigen Seite stehst.

Die Polizei, dein Freund und Helfer." Der Mann
lachte.

„Was soll das? Wer seid Ihr?" fragte Martin. Er
konnte sich das Alles nicht erklären.

Die junge Frau sprach nun zu Martin: „Hören Sie zu.
Wir arbeiten, sagen wir mal, hierbei auf der gleichen
Seite. Wir mögen es nicht, wenn man uns ins
Handwerk pfuscht. Unsere Mädchen und Jungs
werden ermordet. Jemand versucht, uns zu
vernichten oder zumindest zu schaden. Das muss
schleunigst aufhören. Wir wollen auch keinen
Bandenkrieg. Aber, wenn das nicht aufhört, werden
hier einige ihr Leben verlieren. Wir warten nicht mehr
lange."

„Was ist mit dem Mädchen Anja?" fragte Martin
unverblümt und direkt.

„Anja? Kenne ich nicht. Ich kann nicht alle Huren
kennen." antwortete die junge Frau.

„Dann machen Sie sich kundig. Ich möchte, dass sie
freikommt." forderte Martin.

„Du hast hier gar nichts zu fordern. Sei froh, dass du
noch lebst." meinte der Mann.

Die Frau sah Martin an und sagte: „Jedes unserer
Mädchen hat seinen Preis. Ihnen scheint viel an dem
Mädchen zu liegen?" fragte die junge Frau.

„Ja, mir liegt viel an dem Mädchen." sagte darauf Martin.

„Ein Bulle verliebt sich in eine Nutte. Na toll." der Mann lachte wieder.

Die junge Frau lächelte etwas und sprach: „Gut. Ich erkundige mich und sorge dafür, dass es ihr gut geht. Mehr kann ich nicht tun." Dann nickte sie dem Mann zu.

Dann stand der Mann auf und hielt Martin einem Schwamm vor dem Mund. Martin wurde sofort ohnmächtig.

25.

In Rostock war zurzeit richtig schönes Wetter. Es war bereits Mitte März. Ein ungewöhnlich milder Tag war angebrochen. Es weht von der Ostsee eine leichte Brise über das Land und in die Straßen. Man merkte, dass der Frühling nicht mehr weit war. Überall, auch in der Stadt, zwitscherten schon Vögel. Kleine Blaumeisen flatterten durch die Büsche, Sperlinge und Amseln fingen schon mit der Paarung an. Es war nur eine Frage von Tagen bis die ersten Zugvögel eintrafen. Aber nicht nur Vögel waren schon aktiver. Ebenso nahm die Zahl der Touristen langsam zu. Im

Stadtteil Warnemünde lagen etliche kleine Schiffe bereit, diese Touristen bei einer Hafenrundfahrt zu unterhalten. Im Winter ging das Geschäft schlecht. Aber nun, und erst Recht bei diesem schönen Wetter, florierte dieses Geschäft wieder. Gegen Mittag legte eines der Schiffe ab. Es waren schon sehr viele Gäste an Bord. Oben auf der Gangway standen etwas abseits ein älterer ergrauter Mann und eine junge Frau mit südländischem Teint und schauten auf das Wasser.

„Ist er wieder frei?" fragte die Frau.

„Ja. Krieger hat mir den Hinweis gegeben. Ich habe sofort meine Kontakte spielen lassen. Es wäre fast zu spät gewesen." erklärte der Mann.

„Arbeiten wir nun mit den Behörden zusammen?" fragte die Frau.

„Nur zum Teil. Diese Sekte hat uns schon viel geschadet. Unser Bordell in Trondheim war schließlich auch ein Umschlagplatz für unser Kokain in Skandinavien. Der Tod der drei Nutten ist zu verkraften. Nun müssen wir uns aber einen anderen Platz verschaffen. Die norwegische Polizei hat ausreichend Spuren von unserem Stoff aus Südamerika gefunden. Schlecht, sehr schlecht." sprach der Mann.

„Das stimmt." sagte die Frau und starrte auf das Wasser. Sie fuhren gerade an einem Frachter mit Getreide vorbei. Der Mann machte ein paar Fotos.

„Dieser junge Bulle sucht immer noch nach seiner Anja." sprach die Frau.

„Soll er. Er darf sie aber nicht finden. Sonst gibt er vielleicht noch auf. Er denkt tatsächlich, es gehe hier nur um so eine religiöse Sekte. Es steht unser gesamtes Südamerikageschäft auf dem Spiel." sagte der Mann mit sorgenvollem Gesichtsausdruck.

„Sollen wir die kleine Nutte einfach verschwinden lassen?" fragte nun die Frau.

„Guiseppe will sie unbedingt behalten. Sie bringt ihm viel Geld ein. Sie ist jung und sehr hübsch." erklärte der Mann.

„Na und? Werfen wir sie auf dem Atlantik einfach über Bord. Dann sind wir sie los. Guiseppe ist ein kleines Lichtchen. Wenn er nicht spurt, kann er sie gerne begleiten." sprach die Frau.

„Sicher. Das ginge schon. Aber unsere italienischen Partner wären auch verärgert." meinte der Mann.

„Eine Hure mehr oder weniger sollte dort ebenso keine Rolle spielen. Was soll das? Die haben hunderte Nutten." sagte die Frau sichtlich verärgert.

„Das stimmt. Ich werde darüber nachdenken." sagte der Mann.

Inzwischen hat das kleine Schiff am Kai in Warnemünde wieder angelegt. Nun gingen alle Passagiere wieder von Bord.

26.

Martin wachte auf. Er sah sich um. Er befand sich wieder in einem sehr dunklen Raum. Aber dieses Mal waren seine Hände nicht gefesselt. Langsam gewöhnten sich seine Augen an die Dunkelheit. Er bemerkte, dass der Raum gar nicht so dunkel war. Martin konnte einige Konturen erkennen. Langsam stand er auf. Es war ihm immer noch etwas schwindlig. Ihm gegenüber sah er ein kleines orangenes Licht. Martin ging vorsichtig darauf zu. Plötzlich stieß er gegen einen Gegenstand. Es schien ein Stuhl oder Hocker zu sein. Martin fluchte leise. Er war mit dem Knie gegen dieses Ding gestoßen. Vorsichtig tastete er sich weiter. Bei dem kleinen Licht angekommen sah er, dass es die LED eines Schalters war. Er betätigte diesen Schalter und plötzlich war der Raum hell erleuchtet. Martin kniff die Augen zusammen. Dann sah er sich um. In dem Raum standen Schränke, ein Schreibtisch mit einem Stuhl, sowie eine Liege, auf welcher er anscheinend gelegen hatte. Natürlich sah er auch den Hocker, gegen den er gestoßen war. Vor dem Fenster war eine Jalousie. Martin rieb sich wieder das Knie. Es schmerzte ganz schön.

Martin machte die Tür auf. Vor ihm war ein langer Gang. Ein paar Zimmer weiter hörte er Stimmen. Die Tür zu dem Raum war nur angelehnt. Ein Mann und eine Frau sprachen miteinander. Langsam ging Martin in Richtung dieses Raumes. Dabei sah er sich vorsichtig um. Auf leisen Socken ging er auf den Raum zu. Vorsichtig sah er in diesen Raum. Es war aber niemand zu sehen. Nur diese Stimmen waren zu hören. Sie kamen Martin sehr bekannt vor.

„Das war knapp." sagte die weibliche Stimme.

„Das kann man wohl sagen. Ich treffe mich mit meinem Informanten aus Italien. Er gibt mir immer mal einen Tipp." antwortete der Mann.

Jetzt dämmerte es Martin. Er wusste nun, wem die Stimmen gehörten. Er sah sich noch einmal um, und öffnete die Tür ganz. Als er den Raum betrat, erschraken die Frau und der Mann und sahen Martin etwas überrascht an. Sie saßen beide an einem Tisch.

„Guten Tag", sprach Martin, „störe ich?"

„Herr Jakubowski! Schön, dass sie wieder unter den Lebenden weilen." sagte die Frau.

„Herr Krieger und Frau Camara. Können Sie mir sagen, wo ich hier bin und was das Ganze soll?" fragte Martin.

„Setzen Sie sich", sprach Krieger und zeigte auf einen freien Stuhl.

Martin setzte sich und sah die beiden fragend an. Catia Camara holte tief Luft und sprach: „Ja, Herr Jakubowski, Sie wurden gekidnappt von einer Gruppe, welche wahrscheinlich einer der italienischen Mafiaorganisationen nahestand. Sie sind hier in Rostock. Ich habe meine Kontakte aktiviert, um Sie wieder zu befreien. Und es hat offensichtlich geklappt. War nicht so ganz einfach. Wen die Mafia hat, den hat sie. Da gibt es normalerweise kein Entrinnen. Noch einmal Glück gehabt."

„Wie konnte das passieren?" wollte Martin wissen.

„Das wissen wir nicht genau. Erinnern Sie sich an den Rocker, welcher Sie in Bad Wuhlau mal festhielt?" fragte Krieger. Martin nickte nur.

„Sehen Sie", fuhr Krieger fort, „irgendwie muss die Mafia erfahren haben, dass Sie von uns nach Rostock geschickt wurden. Woher die das wissen, können wir noch nicht sagen. Das finden wir aber noch heraus. Der Rocker ist zwar selbst ermordet worden, aber irgendetwas stimmt hier nicht. Es war gut, dass Sie mich kurz vor Ihrer Entführung noch einmal durch eine Nachricht informierten. Ich hätte Ihnen sonst nicht helfen können."

„Ich verstehe das Ganze nicht. Was hat das mit der Sekte zu tun?" fragte Martin.

„Das wissen wir auch nicht genau. Wir haben mit den Geheimdiensten verschiedener Länder nach Gemeinsamkeiten der Mordopfer hier in Europa gesucht. Und wir sind vielleicht fündig geworden. Alle Opfer waren nicht nur Prostituierte, Pornodarsteller, Transsexuelle, Zuhälter oder ähnliches. Nein, die meisten waren drogenabhängig. Sie haben gekokst. Und sie waren wahrscheinlich selbst Dealer. Zwei Ausnahmen gibt es. Die Tote in Bad Wuhlau und eine Tote in Amsterdam. Und beide gehörten zu diesem Guiseppe Romano. Bei Anja Fiebritz wissen wir es nicht genau" erläuterte Krieger.

„Es könnte sein, dass es gar nicht um diesen christlichen Fundamentalismus geht, sondern um etwas ganz anderes. Vielleicht ist dieser Fundamentalismus nur ein Vorwand. Vielleicht wissen die Täter gar nicht, dass es um etwas anderes geht?" Frau Camara zog die Augenbrauen hoch und sah Martin an. Der hob nur die Schultern.

„Schon möglich." meinte nachdenklich Krieger.

„Wer sind eigentlich diese Führer der Sekte? Welche Rolle spielt der Pfarrer?" fragte Martin.

„Na, dieser ermordete von Schünzbach, oder Lehnert, war im bürgerlichen Leben Immobilienmakler. Herr von Steyerburg, er heißt richtig Thomas Urbach, ist Rechtsanwalt, Herr Herrmann ist Arzt. Über den Pfarrer haben wir nicht sehr viel. Er hat in seiner Jugend im Gefängnis gesessen. Er hatte mit allerhand Drogen gedealt. Wir werden ihn mal mehr unter die Lupe nehmen." sprach Frau Camara.

„Wenn es um mehr geht, als um Moral, sondern um ein knallhartes Drogengeschäft, dann ist es vielleicht gut, wenn Sie nach Südamerika gehen. Allerdings wird es dann auch sehr gefährlich werden." erklärte Krieger.

„Dort geht es sehr brutal zu. Die Bandenkriminalität spielt eine große Rolle. Die Drogenhauptstadt in Südamerika ist Manaus in Brasilien." sagte Frau Camara.

„Und was ist mit Südafrika? Auch dies hat man mir angeboten." sagte Martin.

„Möglicherweise geht es auch um Diamanten. Auch führen einige Kokaintransporte nach Asien und Australien über Südafrika." meinte Krieger.

Catia Camara erhob sich, sah Martin an und sprach: „Sie gehen jetzt erst einmal nach Hause. Nehmen Sie Kontakt mit ihrem Pfarrer auf und sagen Sie, dass Sie nach Südamerika gehen wollen. Wir haben gute Kontakte dorthin. Okay?"

„Was ist mit Anja?" fragte Martin.

Catia Camara und Krieger schauten sich an. Krieger holte tief Luft und sagte dann: „So viel wir wissen ist sie ebenfalls in Südamerika. Sie steht wahrscheinlich auf der Todesliste dieser Sekte und man hat sie dort in Sicherheit gebracht. Sie arbeitet wohl in irgendeinem Bordell. Guiseppe scheint ein Hauptziel dieser Organisation zu sein. Also, ein Grund mehr, nach Südamerika zu gehen."

„Südamerika ist groß. Ich möchte genau wissen, wo sie ist." forderte Martin eindringlich und stand nun ebenfalls auf.

„Wir können nicht alles herausfinden. Sie ist nur eine Prostituierte. Wir können nicht unseren gesamten Apparat in Bewegung setzen, um sie zu finden." sprach verärgert Krieger.

„Dann platzt unser Deal. Ich gehe nach Bad Wuhlau zurück und werde wieder Polizist." Martin sah Krieger herausfordern an.

Krieger brauste auf: „Was fällt Ihnen ein? Sie sind schon viel zu tief drinnen. Wenn Herr Pfarrer Heinrich erfährt, wer Sie wirklich sind, wird es ungemütlich für Sie."

Catia Camara mischte sich nun ein: „Können wir uns alle wieder beruhigen? Ja? Also", sie sah Martin an, „wir versuchen herauszufinden, wo sich Anja befindet. Garantieren kann ich allerdings nichts. Okay?"

Martin nickte und sagte kurz: „Gut."

Krieger nickte nur.

„Außerdem ist es nun notwendig, dass Sie nun doch schießen lernen. Sonst werden Sie von denen fallengelassen. Dann können Sie Ihre Anja vergessen. Sie werden für uns herausfinden, was da in Südamerika passieren soll. Über unseren Kontaktmann werden wir für Sie dort sorgen. Aber wir müssen wissen, was da läuft. Verstanden?" Frau Camara schaute Martin an.

„Okay. Und Sie sagen mir, wo sich Anja befindet." Martin ließ nicht locker.

Catia Camara nickte nur.

27.

Im Hafen von Grenada legte gerade eine große Jacht an. Unten am Kai stand ein roter Sportwagen. Vor dem Sportwagen standen zwei Männer und schienen auf die Jacht zu warten. Das Wetter war genauso, wie

149

man es aus Katalogen für die Karibik kannte, blauer Himmel und dreißig Grad im Schatten. An Deck der Jacht standen zwei Frauen und schauten dem Anlegemanöver zu. Als die Jacht schließlich angelegt hatte und das Fallreep heruntergelassen wurde, gingen die beiden Frauen zum Ausgang. An der Gangway standen sie sich gegenüber und schauten sich an. Dann umarmten und küssten sie sich.

„Mach's gut." sprach Lydia. „Es hat Spaß mit dir gemacht. Ich weiß, dass du nur mit mir geschlafen hast, weil ich es wollte und du musstest. Aber ich mag dich sehr. Ich hoffe, dass wir uns mal wiedersehen." Sie hatte Tränen in den Augen.

„Das liegt nicht in meiner Hand. Der Aufenthalt hier auf der Jacht war sehr schön. Mach's gut." sprach Anja. Ein bisschen Wehmut bekam sie allerdings auch. Sie wusste nun nicht, was genau sie erwartet. Sie schaute nach unten auf den Kai und sah den roten Sportwagen. Sie ahnte, dass die Männer auf sie warteten, um sie zu ihrer nächsten Stelle zu bringen. Einer der Männer kam die Gangway hinauf. Lydia übergab ihm Anjas Pass. Dann gingen der Mann und Anja die Gangway hinunter. Auf der Jacht hatte Anja fast vergessen, dass sie eigentlich nur eine Sklavin war. Genauso wurde sie behandelt. Sie konnte nicht entscheiden, wohin sie geht und was sie machen will.

Was sollte sie machen? Sie ging nun langsam von Bord und wurde sofort von den beiden Männern weggeführt zum Sportwagen. Sie hatte gar keine Chance, dem zu entrinnen. Kaum waren sie am Sportwagen angekommen, drehte sich Anja noch einmal um. Oben auf dem Schiff stand Lydia und winkte. Anja wollte zurück winken. Plötzlich gab es eine gewaltige Explosion auf der Jacht. Sie barst völlig auseinander. Eine riesige Rauchwolke quoll hervor. Anja sah noch, wie eine riesige Flamme sich über das Deck ausbreitete. Auf der Gangway stürzte gerade noch Lydia hinunter. Ihre Kleidung stand in Flammen. Anja stürzte zu ihr. die beiden Männer rannten Anja hinterher. An der Gangway angekommen, stürzte Lydia auf den Boden. Ihre Kleidung brannte ihr auf der Haut. Von der Seite kam ein Hafenarbeiter, zog seine Arbeitsjacke aus und versuchte das Feuer auf Lydias Körper zu löschen. Nur mit Mühe gelang es. Anja kniete sich neben Lydia und hielt ihren Kopf. Das Gesicht war blutüberströmt und zum Teil wie verkohlt. Lydia zuckte leicht und sprach mit leiser Stimme: „Anja, ich liebe dich." Dann ging ein starkes Zucken durch ihren Körper. Der Blick in ihren Augen wurde starr und ihr Körper sackte zusammen. Anja hatte nun auch Tränen in den Augen. Anja teilte zwar nicht Lydias Liebe, aber sie war über ihren Tod trotzdem erschüttert.

Die beiden Begleiter hakten Anja unter ihre Arme und zerrten sie zum Sportwagen zurück. Als sie drinnen saßen, fuhren sie mit quietschenden Reifen davon. Der Beifahrer griff zum Handy: „Ich bin es, George, Franklins Jacht ist soeben gesprengt worden." Ein Wispern war zu hören. „Ich weiß es nicht!" schrie dieser George zurück. Wieder ein Wispern. „Okay." sprach nun George. Dann schaute er zu Anja. Sie saß auf dem Rücksitz.

„Wir bringen dich jetzt zu deiner neuen Stelle. Du wirst erwartet." sprach er in gebrochenen deutsch.

Die Fahrt dauerte nur ein paar Minuten. Das Vergnügungsschiff, es hieß 'Swinging Wave', lag nur am Nachbarkai. Dort war die Gangway heruntergelassen. George und sein Begleiter stiegen aus. Sie forderten Anja auf, ebenfalls auszusteigen. Von dem Schiff kam ihnen eine junge rothaarige Frau entgegen.

Unten an der Gangway übergab George Anja der Frau dazu Anjas Pass. Anja sagte nur kurz: „Hallo."

„Hallo", sagte die Frau, „du bist Anja. Mein Name ist Annabell. Du wurdest uns angekündigt. Ich zeige dir jetzt deine Kabine." Wortlos gingen sie hinauf zum

Schiff. Anja drehte sich nochmals um. George war bereits in seinem Sportwagen und fuhr davon.

Die Kabine war ähnlich eingerichtet wie auf der Luxusjacht. Es gab eine große transparente Duschkabine, in welcher durchaus mehrere Personen bequem gleichzeitig duschen könnten. Es gab weiter ein großes Doppelbett an der Seite. In der Mitte stand eine sehr große, runde Liege mit vielen Kissen. Es gab ebenso mehrere Spiegel an den Wänden. In einer Ecke standen ein großer Schrank und ein Buffet mit einer aufklappbaren Bar. Alles war in einem warmen Orangeton gefärbt. Auf dem Boden lag ein hochfloriger, weißer Teppich.

„So Anja, dies ist dein Domizil. Gefällt es dir?" fragte Annabell.

„Ja, das sieht alles sehr hübsch aus." antwortete Anja. Man merkte ihr aber an, dass sie noch ganz benommen von dem Anschlag war.

Annabell ihr Smartphone klingelte. Sie winkte Anja kurz zu und verließ die Kabine. Nach kurzer Zeit kam sie zurück. Sie schaute Anja nachdenklich an und sprach: „Ich habe soeben gehört was passiert war. Schlimme Sache. Wir werden auch gleich ablegen. Wir hatten sowieso nur noch auf dich gewartet. Hast du noch Fragen?"

„Wie viele Leute sind an Bord? Und was wird hier so passieren?" fragte Anja.

„Hier an Bord sind 400 Personen, Männer und Frauen. Alle, außer drei, du und zwei weitere Mädchen, sind Gäste, welche hier gebucht haben. Es wird hier an Bord ein umfangreiches Programm geben. Wir werden am Pool und in der Bar verschiedene Spiele durchführen. Alles wird sich um das Thema Sex drehen. Dafür haben alle viel Geld hingelegt." erklärte Annabell.

„Wer sind die anderen zwei Mädchen?" fragte Anja weiter.

„Ich werde euch gleich vorstellen. Leg deine Tasche ab und folge mir. Wir gehen in die Bar." sprach Annabell.

Anja stellte ihre kleine Tasche hin. Dann gingen beide an Deck. Annabell zeigte Anja auf dem Weg zur Bar das Schiff. Es war ein wirklich schönes Schiff. Alles war großzügig. An Bord herrschte schon reges Treiben. Auch in der Bar waren schon sehr viele Gäste. Anja war erstaunt, dass auch viele ältere Männer und Frauen an Bord waren. Sie hatte zumeist junge Leute erwartet. Annabell ging mit Anja in ein Nebenzimmer der Bar. Dort saßen an einem runden Tisch schon die zwei anderen jungen Frauen.

Annabell zeigte mit der Hand auf Anja und sprach:
„Hallo, wir hatten uns ja schon bekannt gemacht.
Dies hier ist Anja aus Deutschland. Und diese zwei
Mädels hier", sie zeigte kurz in Richtung des runden
Tisches, „sind Fiona aus Südafrika und Marie aus
Frankreich."

„Hallo." riefen fast gleichzeitig die drei Frauen und
lächelten.

Annabell schaute von einer zur anderen und sprach:
„Tja, ihr wisst ja alle Bescheid. Eure Herren haben
euch für diese Fahrt in unsere Obhut gegeben. Mir
wurden eure Pässe übergeben. Am nächsten Hafen
übergebe ich dann diese Pässe weiter an den
nächsten, welcher euch im Hafen von Lima abholt.
Aber das Prozedere kennt ihr ja bereits. Ihr habt eure
Pässe nur für den kurzen Zeitpunkt der Einreise.
Gleich hinter der Abstempelung beim Einreisen
übergebt ihr eure Pässe wieder an den Mann oder
Frau, welcher euch abholt. Okay? Gut. Ich hoffe, dass
es euch hier gefällt. Ihr könnt euch hier zwanglos
bewegen. Alles ist all inklusiv. Nehmt an den Spielen
teil, geht in die Bar oder an den Pool. Eure Herren
sind nicht hier. Für uns seid ihr trotzdem keine Gäste
wie jeder andere. Ihr sollt hier für sexuelle Stimmung
sorgen. Ihr seid hier nicht umsonst. Am Ende der
Reise werdet ihr dann wieder abgeholt und zu eurem

nächsten Einsatz gebracht. Ich lasse euch jetzt allein. Es wird für euch trotzdem angenehmer als sonst. Also, viel Spaß."

Annabell ging hinaus. Die drei jungen Frauen schauten sich etwas unschlüssig an. Marie fasste sich als erstes. „Na, wir sitzen anscheinend in einem Boot. Mal sehen, was uns hier erwartet. Also, ich bin Marie, stamme aus Frankreich. Mein Zuhälter, ein Holländer, hielt es für besser, dass ich hier etwas aus der Schusslinie bin. Er ist Mitinhaber dieses Schiffes. Ihr habt ja sicherlich mitbekommen, dass es in Europa nicht mehr sicher ist. Auf mich wurde schon ein Anschlag verübt. Ihr müsst wissen, dass ich eine Transfrau bin. Nach meinen geschlechtsangleichenden Operationen und der Hormonbehandlung sind meine Eltern bei einem Unfall ums Leben gekommen. Das hat mich aus der Bahn geworfen. Durch Drogen bin ich an meinen jetzigen Zuhälter geraten. Und der schickt mich wohin er will. Und so bin ich nun hier."

Fiona räusperte sich: „Ich bin Fiona aus Kapstadt. Ich bin in armen Verhältnissen aufgewachsen. Seit meinem zwölften Lebensjahr gehe ich auf den Strich. Mein südafrikanischer Zuhälter hat mich mehr oder weniger an einen Holländer verkauft. Der wollte mich in Amsterdam in ein Bordell stecken. Dies ist allerdings vor einiger Zeit abgebrannt. Und nun schickte er mich hierher. Soviel ich weiß, ist er der Inhaber dieses Schiffes."

Fiona und Marie schauten Anja an: „Ich bin Anja. Stamme aus Deutschland. Als Jugendliche ging ich schon auf den Strich. Mein Zuhälter, ein Italiener, schickt mich alle zwei Wochen wo anders hin. Meistens waren es Kaschemmen, kleine, miese Bordells und Ähnliches. Als letztes war ich allerdings auf einer Luxusjacht. Ich hatte Glück, dieses Schiff ist wahrscheinlich gesprengt worden. Auch wurde in Deutschland im gleichen Bordell eine Kollegin erschossen. Deswegen soll ich hier wahrscheinlich auch erst einmal unterkommen."

„Wir sind wahrscheinlich zu gut, um uns einfach verschwinden zu lassen", sprach Marie und lachte.

„Es ist schon komisch. Wir stehen hier und stellen uns kurz vor. Als wären wir in einer Reisegruppe und wollen Urlaub machen." sprach Anja.

„Im Prinzip ist es auch so." sagte Marie.

„Genau. Lassen wir es uns hier also gut gehen. Wir sind nur zwei Wochen hier. Das man uns vögelt sind wir gewöhnt. Wer weiß, wo es anschließend hingeht. Los Mädels, was machen wir als erstes? Ab in den Pool?" Fiona lachte ebenfalls.

Anja merkte schon, dass die anderen beiden Mädchen genauso schlecht dran sind wie sie. Sie werden ebenso wie Sklavinnen behandelt wie sie. Also, warum soll man diesen Aufenthalt nicht genießen. Und als Prostituierte sind sie Sex am Fließband gewöhnt. Anja schaute die anderen Mädchen an und sagte: „Also, ab an den Pool."

Als die drei jungen Frauen schon loslaufen wollten, kam Annabell. Sie schaute die drei Frauen an und sprach: „Ach, hier seit ihr. Mir wurde gesagt, dass ihr euch hier nützlich machen sollt. Also, an der Bar am Pool sind ein paar Leute. Ihr werdet dort jetzt ein bisschen flirten und die Leute ein bisschen animieren. Unsere Gäste wollen schließlich hier auch Sex haben. Also macht euch nützlich und zieht euch sexy an. In euren Zimmern sind ein paar Sachen, sehr knappe Bikinis und leichte Kleidung. Und noch etwas, unsere Gäste müssen nicht unbedingt wissen, dass ihr Prostituierte seid. Für die seid ihr normale Gäste. Verstanden?"

Anja, Fiona und Marie nickten, gingen in ihre Zimmer und zogen sich um. Zehn Minuten später trafen sie sich an der Bar am Pool. Dort waren schon viele Gäste. Das Schiff war noch immer im Hafen, die Gäste waren erst kurze Zeit an Bord und trotzdem waren schon Leute an der Bar. Die drei jungen Frauen nahmen an der Bar Platz und bestellten sich je einen Caipirinha. Es dauerte nicht lange und drei junge Männer sprachen sie an. Gemeinsam nahmen sie an einem größeren Tisch Platz. Sie kamen ins Gespräch und plauderten und lachten. Ab und zu gingen sie in den Pool und erfrischten sich. Sehr schnell kamen sich alle näher. Schon nach einer Stunde war Marie mit einem der jungen Männer in ihrem Zimmer verschwunden. Kurze Zeit später ging auch Fiona. Auch der junge Mann, welcher mit Anja flirtete machte eindeutige sexuelle Avancen. Schließlich küssten sie sich. Dann standen auch sie auf und verließen die Bar in Richtung Anjas Zimmer.


28.

Der Frühsommer an der Ostsee ist immer wieder schön. Am alten Strom in Warnemünde waren wie immer alle Stände geöffnet. Es roch überall nach frisch geräuchertem Fisch. Dicht gedrängt schlenderten Touristen an der Promenade entlang. Die Fähre 'Hohe Düne' transportierte Menschen, Autos und Fahrräder vom Seebad Warnemünde zum Ortsteil Hohe Düne. Überall war das Geschrei der zahlreichen Möwen zu hören.

Martin war zusammen mit Pfarrer Heinrich zu einem Spaziergang auf der Promenade unterwegs. An einem Stand mit frischem Fisch ließen sie sich ein Fischbrötchen schmecken.

„Es ist herrlich hier." sprach Martin.

„Ja, das stimmt." sagte Pfarrer Heinrich, „aber sie sollten sich aber langsam damit vertraut machen, dass sie bald in Südamerika sind."

„Ja sicher. Aber ich werde dies hier vermissen." entgegnete Martin.

„Es wird ja nicht für lange Zeit sein. Sie haben dort einige Aufgaben zu erledigen. Unsere Kontaktleute werden sie dort einweisen." sprach der Pfarrer.

„Gut. Ich muss nur noch das genaue Datum wissen. Ich habe hier einen Job. Den muss ich fristgerecht kündigen. Es ist nicht meine Art, einfach so zu verschwinden." meinte Martin.

„Dann kündigen Sie. Am besten morgen schon. Sollte sich etwas verzögern, werden wir für sie sorgen. Um ihre Wohnung hier kümmern wir uns in Ihrer Abwesenheit. Da brauchen Sie sich keine Sorgen machen. Ich denke, dass Sie spätestens am Ende des Sommers wieder hier sind." sprach der Pfarrer.

„Was soll ich in Südamerika machen? Und wo geht es konkret hin? Südamerika ist groß!" Martin blieb stehen und sah den Pfarrer an.

„Soviel ich weiß, geht es zunächst nach Lima. Dort bekommen Sie eine Aufgabe. Mehr kann ich im Moment auch nicht sagen. Das machen unsere Leute dort." sprach Pfarrer Heinrich.

„Okay." sprach Martin kurz. Er wusste, dass er auf der Hut sein musste. Er wollte Anja finden. Das stand für ihn an erster Stelle. Sollte die Organisation erfahren wer er ist, wäre es sein Todesurteil. Wenn er sich zu ungeschickt anstellt, ebenso. Er steckt schon viel zu sehr drinnen. Er musste helfen, die Organisation auszuschalten. Anders kommt er da nicht mehr raus. Und Anja? Es ist nun schon über ein Jahr her, dass er sie im Café getroffen hat. Sie ging ihm aber nicht mehr aus dem Kopf. Nun soll er nach Südamerika. Auch Anja ist wahrscheinlich dort. Aber wo genau, dass weiß Martin nicht. Er sucht nun nach der Nadel im Heuhaufen. Plötzlich kam ihm dies alles ziemlich sinnlos vor. Aber es gibt kein Zurück mehr.

Pfarrer Heinrich bemerkte, dass Martin nachdenkt. Er schaute ernst zu ihm und sprach: „Sie sind so nachdenklich. Sie brauchen sich keine Sorgen machen. Sie tun das Richtige. Wir müssen die Sünden ausmerzen. Die Menschheit muss wieder auf den Pfad der Frömmigkeit und der Ordnung gebracht werden. Unser Herr erkennt, wer sich für die wahre

Ordnung und Lehre einsetzt. Glaube mir, mein Sohn, wir tun das Richtige."

„Sie haben Recht. Es fällt mir nur schwer, von hier wegzugehen. Ich war nur noch nie außerhalb Deutschlands." sagte Martin.

„Du bist nicht allein, der Herr ist mit dir. Herr Hoffmann wird dich zum Flughafen begleiten. Und in Lima wirst du von einem dort lebenden Deutschen empfangen. Also nochmals, keine Sorge." sprach der Pfarrer.

29.

Im Sommer ist es an der Ostsee sehr belebt. Hunderttausende Touristen aus dem In- und Ausland tummelten sich an den Stränden und in den Restaurants. Die Einheimischen freuen sich auf der einen Seite über die guten Einnahmen. Allerdings ist der Trubel eben sehr groß. An Ruhe ist da nicht zu denken. Auch die Fahrgastschiffe können sich vor Andrang kaum retten.

Im kleinen Hafen von Fiethagen liegt ein kleines Fahrgastschiff. Es fährt Urlauber auf die Ferieninsel Rügen nach Bansin und wieder zurück. Die Überfahrt dauert ein paar Stunden. Auf dem oberen Deck saßen

Urlauber und genossen die warme Sonne. Die Passagiere ließen sich Kaffee oder auch ein Bier schmecken. Auch viele Kinder waren an Bord. Schon nach kurzer Zeit wurde es ihnen langweilig und sie tobten unruhig auf dem Deck und im Inneren des Schiffes, so dass die Eltern Mühe hatten, die Kinder im Zaum zu halten. Aber die Mühe war meist vergebens.

An einem Tisch unter Deck saßen zwei Männer mittleren Alters und unterhielten sich ruhig.

„Herr Krieger, ich danke ihnen nochmals für die hilfreichen Informationen." sprach der eine Mann.

„Guiseppe Romano, wir haben uns nicht gegenseitig was vor zu machen. Es interessiert uns wenig, was ihre Nutten so treiben. Aber wir haben einen gemeinsamen Feind. Diese Organisation ist gefährlich. Es geht hier nicht um ein paar Pornodarsteller oder ein paar Huren. Sie wollen euer Geschäft im Drogenhandel übernehmen. Deshalb schädigen sie euch. Und auch politisch wollen sie Einfluss gewinnen. das können wir nicht zulassen." sprach Krieger.

„Das stimmt. Einige Politiker in der EU wurden schon unter Druck gesetzt. Vorige Woche wurde in Palermo ein Richter erschossen. Wir konnten den Mörder unschädlich machen. Es war ein Bulgare. Er war als Tourist gekommen." sprach Guiseppe Romano.

„Ich weiß. Unsere bulgarischen Kollegen haben ihn identifiziert. Er war ein religiöser Fanatiker. Wir müssen dem ein Ende setzen." Krieger sah Guiseppe an.

„Hat denn ihr Mittelsmann schon etwas über das Ziel in Peru herausgefunden?" fragte Guiseppe.

„Nein. Er weiß nur, dass er dort erwartet wird und dass er dort eine Aufgabe bekommt. Mehr ist uns nicht bekannt." sagte Krieger.

„Auf jeden Fall wird jemand von unseren peruanischen Partnern auch dort sein und euren Mann beobachten. Mal sehen, wen er dort trifft." sprach Guiseppe.

„Es darf ihm aber noch nichts passieren. Wir brauchen ihn noch." mahnte Krieger.

„Ja, ich weiß. Im Moment beobachten wir ihn nur." sagte Guiseppe.

„Gut.", Krieger stand auf und sagte, „ich hole mir noch ein Bier. Möchten Sie auch etwas?"

„Nur ein Cappuccino bitte." antwortete Guiseppe.

Krieger ging an den kleinen Tresen und bestellte. Nach kurzer Zeit hatte er beide Getränke und ging zurück an den Tisch.

„Heute ist wirklich tadelloses Wetter." sagte Krieger.

„Ja, fast wie in Rimini. Hier ist nur der Wind etwas frischer." sagte Guiseppe.

„Was ist mit dieser Anja?" fragte Krieger.

„Was soll mit der sein? Sie ist zurzeit auf einem Luxusschiff und bespaßt dort ein paar Touristen." sprach Guiseppe.

„Wo fährt diese Schiff hin?" fragte Krieger.

„Warum wollen Sie das wissen?" fragte nun Guiseppe.

„Es ist wichtig." sagte Krieger nur.

„Es ist nun schon das dritte Mal, dass Sie nach ihr fragen. Schon merkwürdig. Ich habe den Eindruck, dass euer Mann bei der Organisation ein Interesse an ihr hat. Er hat sich doch nicht etwa in diese kleine Hure verliebt?" Guiseppe lachte.

„Das spielt doch keine Rolle. Ich will nur wissen, wo sie ist." Krieger sah fragend zu Guiseppe.

„Es ist auf dem Weg durch den Panamakanal, über die Galapagosinseln nach Lima." erklärte der Italiener.

„Waaas? Nach Lima?" fragte Krieger aufgeregt.

Nun wurde auch Guiseppe nachdenklich. Er schaute Krieger an und sprach: „Meinen Sie, dass dies kein Zufall ist?"

Krieger zuckte mit den Schultern und sagte: „Zufall? Merkwürdiger Zufall. Unser Mann wird genau dorthin geschickt, wo diese Anja mit Touristen vögelt."

„Das kann kein Zufall sein. Habt ihr inzwischen Informationen, wer in dieser Organisation überhaupt das Sagen hat? Das sind doch nicht nur religiöse Spinner!" meinte Guiseppe.

„Nein. Ob an der Spitze mehrere oder nur Einer steht, wissen wir noch nicht." sagte Krieger.

„Na, einer ist ja wohl in Hamburg erschossen worden." sprach Guiseppe.

„Sie tun ja gerade so, als hättet ihr nichts damit zu tun." meinte Krieger nur.

„Wir waren das auch nicht. Keiner von uns. Auch aus keiner anderen Organisation von uns." sagte Guiseppe.

„Wer dann?" fragte Krieger nachdenklich.

„Ich habe keine Ahnung." sagte Guiseppe und schlürfte an seinem Cappuccino. Dann fragte er: „Welche Rolle spielt nun euer Mann in dieser Organisation?"

„Leider keine allzu große. Wir hofften, dass er dort etwas aufsteigen konnte. Das ist leider nicht der Fall. Er ist dort nur ein kleiner Fisch. Ein bisschen warten wir noch, dann holen wir ihn zurück." sagte Krieger.

„Tja, dann müsst ihr anders vorgehen." meinte Guiseppe.

„Das wird immer undurchsichtiger. Wir werden uns mal diesen Pfarrer vornehmen." sagte Krieger.

„Ich werde morgen nach Lima fliegen. Das gefällt mir alles nicht." sagte Guiseppe.

„Wollen Sie Anja vom Schiff holen?" fragte Krieger mit einem vielsagenden Lächeln.

„Muss ich mir noch überlegen. Ich hatte zwar vor, dass sie mit diesem Schiff wieder zurück in die Karibik fährt und dann mit einem anderen Schiff wieder nach Deutschland. Aber das ist mir zu gefährlich. Sie hat mir gute Dienste geleistet auf dem Schiff." sagte Guiseppe.

„Verstehe ich nicht. Ich denke, dass alle dort Sex umsonst haben. Das bringt doch nur Geld, bei der Buchung der Reise. Alle sind Gäste an Bord. Dieses Schiff ist doch ein schwimmender Swingerclub. Eine Hure an Bord ist doch unüblich. Oder?" sagte Krieger.

„Das stimmt nicht ganz. Es sind nicht nur Paare an Bord, sondern auch viele Singles. Anja ist da keine Ausnahme. Und dann musste ich sie schließlich aus der Schusslinie  nehmen." erklärte Guiseppe.

„Man könnte fast meinen, dass Sie diese Nutte mögen." Krieger lachte leise.

„Blödsinn. Sie ist einfach gut. Und für diese Art des Reisens war sie eine sehr gute Werbung. Vielleicht werden wir das öfters tun. Viele an Bord haben schon die nächste Reise dort gebucht. Einige sogar wegen ihr. Anja an Bord zu bringen, war ein voller Erfolg." meinte Guiseppe begeistert.

„Warum fliegt ihr sie nicht einfach raus nach Deutschland?" fragte Krieger.

Guiseppe schüttelte den Kopf und sagte: „Das ist viel zu teuer. Sie soll für mich Geld verdienen. Ihr einziger Zweck ist, dass sie die Beine breit macht und Geld verdient. Wenn das nicht mehr geht, ist sie für mich wertlos."

„Das Schiff gehört doch zu eurer, sagen wir mal, Familie. Oder?" fragte Krieger.

„Ja. Ich habe beim Paten nachgefragt, ob Anja an Bord kommen könnte. Es wurde mir gestattet. Wir haben es nicht bereut. Ich werde sie nun immer so einsetzen. Zumindest für die nächsten Monate. Es muss ja niemand von den Gästen wissen, dass sie eine Hure ist." sprach Guiseppe.

„Ich kann mir allerdings nicht vorstellen, dass man extra jemanden von Deutschland nach Peru schickt, um eine Hure zu erschießen. Die haben mehr vor." meinte Krieger.

„Glaube ich auch nicht. Na mal sehen. Vielleicht leiten wir das Schiff auch einfach um. Wir können auch von Galapagos wieder gleich zurück nach Grenada. Da bleibt das Schiff eben einen Tag länger auf See. Dann lassen wir eben Lima aus. Ich muss das mit meinem Syndikat besprechen." sprach Guiseppe. „Machen Sie das schnell. Und noch eines: Wir sollten uns in nächster Zeit nicht mehr treffen. Und, " sagte Krieger etwas gedehnt, „dieser Anja darf nichts passieren. Sonst spielt unser V-Mann verrückt. Klar?" „Jaja, ich sehe schon zu, dass der kleinen Nutte nichts passiert. Und ich finde auch, dass wir uns nicht so oft treffen sollten. Man wird bei uns schon misstrauisch. Ich spiele hier mit meinem Leben. Maulwürfe mag man in unserem Syndikat nicht." sprach Guiseppe, stand auf und ging in Richtung der Gangway. Inzwischen war das Schiff in Bansin auf Rügen angekommen. Krieger und Guiseppe standen auf und gingen mit den andern Gästen von Bord.


30.
Als Martin in Lima ankam, wurde er von einem jungen Mann in Empfang genommen. Er nannte sich Pedro. Martin war müde. Er wollte sich im Hotel

etwas frisch machen und dann etwas ruhen. Welche Aufgaben er in Peru hatte, wurde ihm von Pedro Suarez nicht mitgeteilt. Er sagte nur zu Martin, dass er ihn am nächsten Morgen abholt und er dann alles erfahren sollte. Pedro übergab Martin noch 1000 Sol, die Landeswährung in Peru. Das entsprach etwa 250 Euro. Schräg gegenüber vom Hotel war ein kleines Restaurant. Das wurde Martin von Pedro empfohlen. Dort sollte man sehr gut speisen können. Nach dem Duschen ging Martin in jenes Restaurant. Dann ging er zurück auf sein Zimmer im Hotel und legte sich etwas schlafen.

Am nächsten Morgen wurde Martin nach dem Frühstück von Pedro abgeholt. Sie schlenderten in Richtung der Küstenstraße. Dort setzten sie sich auf eine Bank. Man hatte dabei einen herrlichen Ausblick auf den pazifischen Ozean. Ein leichter Nebel zog vom Meer her in Richtung Land auf.

„Dieser Nebel ist die einzige Feuchtigkeit, welche wir hier in Lima bekommen. Es regnet hier fast nie. In den letzten fünf oder sechs Jahren hatten wir hier überhaupt keinen Regen. Nur dieser allmorgendliche Nebel sorgt hier für Niederschlag." erklärte Pedro.

„Es ist schön hier. Aber deswegen bin ich nicht hierhergekommen." sprach Martin und schaute Pedro an.

„Nein. Deswegen bis du nicht hierhergekommen. Wir mussten unseren Plan sowieso ändern." erklärte Pedro.

„Was für einen Plan? Und was sollte geändert werden? Mir wurde in Deutschland nichts gesagt." sagte Martin etwas unwirsch.

„Nun, du solltest auf ein Schiff gebracht werden. Dort an Bord befindet sich eine Kontaktfrau von uns. Was genau ihr dort zusammen machen solltet, weiß ich auch nicht. Das wurde mir nicht mitgeteilt." sprach nun Pedro.

„Und wo liegt dieses Schiff? Und welche Art Schiff ist das?" wollte Martin nun wissen.

„Das ist ja das Fatale. Das Schiff ist ein, wie soll ich sagen, ein Vergnügungsschiff. An Bord sind ein paar hundert Leute, welche sich miteinander vergnügen, hauptsächlich sexuell. Und nun kommt dieses Schiff hier nicht an. Es war gestern noch in Puerto Ayora auf der Galapagos-Insel Santa Cruz. Nun wurde es umgeleitet. Es kommt hier nicht an. Nun geht es ohne Anlandungen zurück nach Grenada." erklärte Pedro.

„Grenada? Das ist in der Karibik." sagte Martin.

„Ich bekomme heute noch Instruktionen, wie es weitergeht. Mehr kann ich im Moment auch nicht sagen." sprach Pedro.

„So ein Mist. Ich bin also völlig umsonst nach Lima gekommen." stellt Martin fest.

„So sieht es im Moment aus. Am besten gehst du zurück ins Hotel. Ich melde mich wieder." meinte Pedro. Martin nickte nur und ging mit Pedro langsam wieder in Richtung Hotel.

Vor dem Hotel verabschiedete sich Pedro. Martin ging hinein und wollte an der Rezeption seinen Zimmerschlüssel in Empfang nehmen, als zwei Herren sich ihm näherten.

„Señor Mayer?" fragte einer der Herren.

„Ja! Si!" antwortete Martin.

„Polizei, bitte folgen Sie uns." war die kurze Aufforderung.

31.

An Bord des Schiffes 'Swing Wave' verlief die Reise für alle Gäste ganz zwanglos. Überall war Party angesagt. Schon am frühen Morgen ging es los. Am Pool war jeden Morgen Fitness angesagt. Es war aber nur eine überschaubare Anzahl von Gästen daran beteiligt. Die meisten lagen noch im Bett, das allerdings selten allein. Tagsüber erholte man sich im Pool oder auf dem Sonnendeck. Am Nachmittag fingen dann die richtigen Partys an. Es wurde viel gelacht und getanzt. Nach dem Abendessen ging die Partystimmung erst richtig los. Jeden Abend wurden ausgefallene Spiele gespielt. Sekt und Cocktails hatten Hochkonjunktur. Allerdings nicht zu viel. Man wollte schließlich einen klaren Kopf behalten. Fast alle Gäste nahmen an den Spielen teil. Die Spiele waren so angelegt, dass am Ende jeder einen Partner oder Partnerin hatte, mit dem er oder sie dann die Nacht verbrachte. Wer wollte, konnte auch an Spielen teilnehmen, bei welchen man sich auch zu dritt oder mehr vergnügte. Insgesamt war auf dem Schiff eine sehr ausgelassene Atmosphäre.

Anja, Marie und Fiona saßen wie jeden Nachmittag am Pool. Sie waren nun schon seit zwei Wochen an Bord. Das Schiff legte gerade vom Kai bei Puerto Ayora auf den Galapagosinseln ab. Sie hatten sich gerade jede einen alkoholfreien Cocktail an der Bar geholt. Die Stimmung unter den drei Mädchen war zunächst gut.

„Heute Abend wird wieder mit dem Glücksrad ausgelost. Mal sehen, wer es heute sein wird. Gestern Abend hatte ich nicht so ein Glück. Der Kerl, den ich abbekam war ziemlich angetrunken. Seine Fahne war richtig unangenehm. Das einzig Gute war, dass er schnell einschlief." sprach Fiona und lachte dann.

Marie war nicht so zum Lachen zumute. Sie sagte: „Als Transfrau hat man es hier nicht so leicht. Viele akzeptieren das nicht. Sie schlafen zwar mit mir, aber nur aus Neugier. Oft macht man sich über mich lustig und spricht herablassend über mich. Am liebsten würde ich ihnen sagen, dass ich nur eine Hure bin. Aber das dürfen wir ja nicht. Naja, mal sehen, was heute passiert."

„Mir ist es egal, wen ich bekomme. Es ist schließlich nur Arbeit. Ich will mich ja hier nicht verlieben." sprach Anja.

„Hast du dich schon einmal verliebt?" fragte Marie.

„Ja." sagte Anja und schaute etwas traurig zu Boden.

„Du schaust so, als wärest du gerade unglücklich verliebt." sagte Fiona.

„Naja, es gibt da einen jungen Mann in Deutschland. Es ist zwar schon über ein Jahr her, dass ich ihn kennenlernte. Aber ich muss immer an ihn denken." sagte Anja.

„Am besten, du vergisst ihn. Dein Zuhälter wird dich niemals freigeben." meinte Marie.

Anja nickte und sprach: „Ich weiß. Aber habt ihr nie davon geträumt, eine eigene Familie zu haben, Kinder, einen Mann, von dem man geliebt wird?

Morgens einen liebvollen Kuss zu bekommen? Eine Arbeit zu haben, welche man gern macht? Und abends mit dem geliebten Mann ins Kino geht, oder ins Theater, sich gemeinsam im Fernsehen was Schönes anschaut, am Wochenende zusammen spazieren geht, wandern, schöne Ausflüge macht, zusammen ein leckeres Essen im Restaurant einnimmt oder selbst zusammen kocht und mit dem man gern schläft? Wäre das nicht schön, so einfach Sex zu haben, weil man Spaß daran hat?"

Die anderen Mädchen schauten Anja an und schwiegen zunächst. Fiona nickt Anja zu und sprach schließlich: „Du hast Recht. Das wäre schön. Aber wir sind hier in der Realität. Vergeude keine Zeit mit Märchen. Einen Traumprinzen gibt es nicht. Wir sind Huren und bleiben Huren."

„Ganz Recht", sprach Marie, „es gibt keine Traumprinzen. Schau mich an. Ich bin als Junge zur Welt gekommen. Ich wusste immer, dass ich ein Mädchen sein wollte. Ich habe mich nie als Junge gefühlt. Meine Eltern merkten das auch und haben mich später bei meiner Geschlechtsangleichung unterstützt. Ich hatte mich sogar in einen anderen Jungen verliebt. Aber ich liebte ihn nicht als schwuler Junge, sondern ich wollte ihn als Mädchen lieben. Aber er hat mich angeschaut und mich einfach ausgelacht. Das war deprimierend. Dann kam der Tod meiner Eltern und ich rutschte ab. Nun bin ich eine verdammte Hure und werde es bleiben."

„Mädels, es wird kein Trübsal geblasen. Blasen tun wir nachher noch was anderes." Fiona lachte und die anderen Beiden stimmten in das Lachen mit ein. Die Sonne stand schon kurz über dem Meeresspiegel. Hier in den Tropen ging die Sonne schon frühzeitig unter. So ein Sonnenuntergang über dem Meer ist immer was Besonders. Die letzten Strahlen glitzerten auf dem Wasser. Der Himmel war goldgelb gefärbt. Die drei Mädels standen auf, schnappten ihre Cocktails und gingen zur Gangway.

Nach dem Abendessen gingen sie dann wieder auf das obere Deck zum Pool. Dort hatten sich schon etliche Gäste eingefunden. Leichte Barmusik war zu hören. Alle waren gut gelaunt und warteten auf Annabell. Sie war wie immer die Moderatorin am Abend. Hinter dem Pool waren einige separate offene Kabinen mit Blick auf das Meer. Nur ein leichter Vorhang trennte die Kabinen vom Deck. Wie jeden Abend waren die meisten dieser Kabinen schon besetzt. Viele haben es genossen, Sex auf einem Schiff mit einem bezaubernden Blick auf den Sternenhimmel und das Meer zu haben.

Gegen Mitternacht begann nun das Spiel mit dem Glücksrad. In den einzelnen Feldern des Rades standen die Farben in großen Lettern. War ein Farbtopf leer, wurde eine beliebige andere Farbe hineingeschrieben. Bis zum Schluss nur noch eine Farbe übrig war. Da bei diesem Spiel eine ungerade Anzahl von Spielern dabei war, war als besonderer Höhepunkt Annabell selbst die letzte Partnerin. Das sollte den besonderen Reiz des Spieles ausmachen. Das wurde allerdings erst zum Schluss bekannt gegeben. Es wurden Nummern vergeben. Jede Frau und jeder Mann bekam eine Nummer. Die Nummern der Männer wurden dann in sechs verschiedene farbige Töpfe verteilt.  Die Nummern der Frauen kamen alle in einem Topf. Annabell zog eine Nummer aus dem Frauentopf. Es war die Nummer 56. Eine blonde Frau mittleren Alters kam vor. Sie stellte sich dem Publikum als Josephine vor. Unter tosendem Applaus drehte sie nun das Glücksrad. Der Zeiger blieb bei Blau stehen. Nun zog Josephine eine Nummer aus dem blauen Topf. Es war die Nummer 21. Ein junger Mann stand auf. Das Publikum raste vor Begeisterung. Der junge Mann kam vor und schwenkte die Arme zu den tosenden Leuten. Annabell fragte nach seinem Namen. Er rief: „Tom." Die Massen riefen: „Hi, Tom." und klatschten begeistert mit den Händen. Josephine ging zu Tom, schwang ihre Arme um seinen Hals und küsste ihn. Das Publikum war begeistert. Tom und Josephine winkten allen zu und gingen Hand in Hand in Richtung der offenen Kabinen. Weil keine mehr frei war gingen sie zu den Zimmern. So wurden unter allen Teilnehmern des Spieles Pärchen ausgelost. Da diesmal mehr Frauen als Männer teilnahmen, gingen zum Schluss schließlich zwei Frauenpärchen zusammen auf ein Zimmer. Darunter war auch Anja. Sie war allerdings die vorletzte Frau. Sie hatte eine junge Brasilianerin zugelost bekommen. Zusammen gingen sie zu der Brasilianerin in die Kabine. Dort angekommen, küssten sie sich und begannen sich gegenseitig auszuziehen. Die junge farbige Frau genoss diese Nacht.


32.

Es war dunkel in dem Raum. Martin saß auf einem Stuhl an einem leeren Tisch. Eine kleine Funzel hing darüber. An der rechten Seite war Spiegelglas. Martin konnte nur erahnen, dass dahinter jemand saß, der ihn beobachtete. Martin schaute auf seine Uhr. Er saß nun schon seit zwei Stunden in dem Raum. Nichts tat sich. Langsam bekam er Hunger und Durst. Martin machte sich Gedanken, warum er wohl hier war. Was will man von ihm? Er war hier Undercover in einer kriminellen Organisation. Für wen halten ihn die peruanischen Beamten? Nach einer weiteren Stunde kamen endlich zwei Männer in den Raum. Sie sahen zunächst Martin nur regungslos an. Dann sprach der eine Mann Martin in fließenden Deutsch an: „Wie ist ihr Name?"

„Ich heiße Martin Mayer." antwortete Martin.

„Was machen Sie hier in Peru?" war die nächste Frage.

„Ich bin als Tourist hier. Ich möchte mir die geschichtsträchtigen Orte ansehen." sagte Martin ruhig.

„Das glauben wir ihnen nicht! Sind sie nicht gekommen, um einen Anschlag zu verüben?" fragte der Mann.

„Nein, ich bin als Tourist gekommen. Ich wollte mir die alten Ruinen der Inka und die legendären Nazca-Linien anschauen. Sie müssen mich mit jemand anderen verwechseln." sagte Martin nun etwas lauter.

„Wir glauben ihnen nicht. Wir haben einen Mann festgenommen, welcher sich Pedro nannte." man legte Martin ein Foto von ihm hin. Martin erkannte ihn natürlich.

„Wir wissen, dass sie sich mehrmals mit ihm getroffen haben. Allerdings ist Pedro nicht sein wahrer Name. Sein richtiger Name lautet Luiz Alvarez. Und er ist Mitglied einer terroristischen Vereinigung. Sie brauchen gar nichts zu leugnen."

Martin holte tief Luft und sprach: „Ich sage nichts mehr. Ich möchte einen Anwalt sprechen und einen Vertreter meiner Botschaft."

„Wie Sie wollen. Wir werden Sie schon zum Reden bringen." war nur die Antwort. Die beiden Männer standen auf und verließen den Raum.

Wieder saß Martin allein in dem Raum. Und wieder vergingen mehrere quälende Stunden. Martin saß in Gedanken versunken auf dem Stuhl. Er hatte Durst, er hatte Hunger und er musste an Anja denken. Es war schon merkwürdig. Er hatte vor über einem Jahr ein Mädchen kennengelernt. Er hatte sie nur einmal für ein paar Minuten kennengelernt. Es stellte sich heraus, dass sie eine Prostituierte war. Für andere Männer hätte sich damit die Sache erledigt. Aber nicht für ihn. Er hatte sich in den paar Minuten verliebt. Diese junge Frau ging ihm nicht mehr aus dem Kopf. Und auf Grund einer ganzen Reihe von Ereignissen saß er nun hier. Was würde nun geschehen? Würde er hier in Peru ins Gefängnis kommen? Davor schauderte es ihm. Zwischendurch kam eine junge Frau herein und brachte Martin ein Glas Wasser und etwas zu essen. Martin wollte etwas fragen, doch die junge Frau winkte gleich ab und verließ wieder den Raum. Martin ergriff dann gleich das Glas Wasser und nahm gierig einen Schluck. Dann aß er etwas und trank den Rest Wasser. Dann tat sich wieder stundenlang nichts.

Quälend lang wurde die Zeit. Martin saß auf dem Stuhl und war leicht eingeschlafen. Plötzlich ging die Tür auf. Martin erschrak mächtig. Er wäre fast vom Stuhl gefallen. Der Mann, welcher ihn versucht hatte auszufragen, kam in Begleitung eines anderen Mannes in den Raum. Dieser sprach Martin nur kurz in klaren Deutsch an: „Herr Mayer, mein Name ist Salvador. Ich bin Anwalt. Sie können mit mir kommen. Sie sind frei."

Martin war erstaunt und erfreut zugleich. Er schaute auf die Uhr und stellte fest, dass er nun schon seit fünfzehn Stunden im Revier war. Er musste also lange und fest auf dem Stuhl geschlafen haben. Zusammen mit dem Anwalt verließ Marin die Polizeistation. Die Beamten dort schauten sich ebenso erstaunt an. Auch sie konnten nicht begreifen, wieso Martin gehen konnte. Als Martin hinten in einen

Gefangenentransporter einstieg, welcher vor dem Eingang wartete, sah er auf und wich erschrocken zurück. Dort saß Krieger in einer peruanischen Uniform.

„Was machen Sie denn hier?" fragte Martin erstaunt.

„Steigen Sie erst einmal ein." sprach Krieger nur und winkte kurz.

Martin stieg ein und setzte sich neben Krieger. Nach einer halbstündigen Fahrt kamen sie im Gefängnis von Lima an. Krieger und ein Polizist führten Martin hinein. Dort bekam Martin eine andere Kleidung. Krieger bedeutete Martin, dass er sich umziehen sollte. Außerdem bekam Martin eine Perücke und eine Brille. Auch Krieger zog sich um. Anschließend verließen die beiden wieder das Gefängnis. Vor dem Gebäude standen ein Mann und eine junge Frau. Als Martin aus dem Gebäude kam, umarmten sie ihn und sprachen ein paar spanische Worte: „Oye como va Francesco?" Die junge Frau küsste Martin. Alles sah aus, als würde ein Gefangener aus dem Knast entlassen und von Angehörigen empfangen.

Dann stiegen alle in ein kleines Auto, welches vor dem Eingang wartete. Sie fuhren zum Flughafen direkt auf ein Rollfeld. Dort wartete ein kleines Wasserflugzeug mit zusätzlichen Rädern. Krieger stieg aus dem Auto aus und ging auf die Maschine zu. Er drehte sich auf dem Weg dorthin um und winkte Martin zu, er solle doch auch kommen. Wortlos folgte er ihm. Er konnte nicht gleich begreifen, was da gerade passierte. Im Flugzeug wurde Krieger dann gesprächiger.

„Wie geht es ihnen?" fragte Krieger.

„Gut. Aber was machen Sie hier? Woher wussten Sie, das ich festgenommen wurde?" fragte Martin.

Krieger räusperte sich und erklärte dann: „Ach wissen Sie, wir haben da so unsere Quellen. Wir hatten Sie die ganze Zeit im Blick. Sie wurden natürlich von uns observiert. Oder haben Sie geglaubt, wir ließen Sie hier unbeobachtet? Es gibt hier in Peru eine Untergrundorganisation, welche auch oftmals Terroranschläge und Ähnliches durchführt. Dieser Pedro gehört dieser Organisation an. Unsere peruanischen Kollegen haben ihn deshalb festgenommen. Dummerweise gerieten Sie so mit ins Visier der Polizei. Als wir informiert wurden, haben wir sofort Kontakt zur hiesigen Polizei aufgenommen. Über den hiesigen Geheimdienst, welcher offiziell gar nicht mehr existiert, haben wir Sie dann hier rausgeholt. Man hielt es auch für gut, wenn ich Sie hier persönlich abhole. Es sollte niemand Fremdes machen. Deshalb mussten Sie auch so lange ausharren. So ein Flug von Frankfurt nach Lima dauert nun mal 12 Stunden."

„Und, was soll nun werden? Wissen Sie, wo Anja ist?" fragte Martin.

„Sie und ihre Anja! Also, wir denken, dass Sie wieder auf dem Weg nach Deutschland ist. Das große Schiff wurde wieder in die Karibik umgeleitet. Es sollte wahrscheinlich versenkt werden. Sie und dieser Pedro sollten eine Bombe auf das Schiff bringen. So war der Plan. Wussten Sie das nicht?" fragte nun Krieger.

„Nein. Genaue Anweisungen hatte Pedro nicht. Oder er sagte es mir nur nicht. Das weiß ich jetzt nicht genau. Ich wusste nur, dass das Schiff nicht kommt. Es muss aber an Bord eine Kontaktfrau von Pedro geben. Ich weiß aber nicht, wer sie ist." meinte Martin.

„Eine Kontaktfrau? Interessant! So viel wir wissen, ist das Schiff heute in Grenada angekommen. Und Ihre Anja ist wohl auf ein Schiff in Richtung Europa gebracht worden. Mehr wissen wir jetzt auch nicht." sprach Krieger.

„Und, was passiert nun?" wollte Martin wissen.

„Tja, Sie kommen mit mir nach Deutschland." sagte Krieger.

„Aber nicht mit dieser kleinen Maschine!" stellte Martin fest.

„Natürlich nicht. Wir fliegen zunächst zu den Balestas Inseln. Dort werden wir landen. Wir steigen von dort auf ein Schnellboot in Richtung Chimbote. Dort fahren wir zum Flughafen. Ebenda wartet ein Flugzeug auf uns. Dann geht es nach Miami, Florida. Und von dort geht es dann nach Berlin. Vielleicht werden wir auch beobachtet. Man kann nie wissen." erklärte Krieger.

„Das stimmt. Der Arm dieser Organisation reicht sehr weit. Was ist mit dem Pfarrer Heinrich und den anderen Leuten?" fragte Martin.

Krieger holte tief Luft und sprach dann: „Wir haben uns den Pfarrer mal genauer angesehen. Er ist in Deutschland unter ärmlichen Verhältnissen geboren. Mit vierzehn Jahren wurde er zu einer Jugendstrafe wegen Drogenhandels verurteilt. Er hatte in seiner Schule mit Drogen gedealt. Auch später als Erwachsener wurde er mehrfach vorbestraft, so wegen Raubüberfälle und wieder Drogendelikten. Mit dreißig Jahren ging er in die USA. Von dort ist uns nichts weiter bekannt. Er ist vor sechs Jahren aus den USA wieder zu uns gekommen. Informationen aus den USA erwarten wir in den nächsten Tagen. Wir haben unsere Partner dort um Hilfe gebeten."

„Und, was wird aus mir?" fragte Martin.

„Dass Sie wieder in Lima auf freien Fuß kamen, wissen nur ganz wenige. Wir werden Ihnen eine neue Identität geben. Zumindest bis die Organisation ausgeschaltet wurde. Nächste Woche wird dann die Nachricht kommen, dass Martin Mayer in einer Haftanstalt in Lima von einem anderen Mithäftling ermordet wurde. Der Täter wurde von Sicherheitskräften erschossen." erklärte Krieger.

„Es wird doch wegen mir niemand Unschuldiges erschossen?" fragte Martin entsetzt.

„Unschuldig ist dort gar keiner. In diesem Knast gibt es laufend irgendeinen Toten. Denen kann man dann das Ganze in die Schuhe schieben. In Südamerika ist Bandenkriminalität im Gefängnis normal." sprach Krieger.


33.

Anja stand nachmittags an der Gangway des Luxusschiffes „Swinging Wave". Es war ein herrlicher Tag. Sie fuhren gerade auf dem Panama-Kanal. Anja beobachtete wie das Schiff gerade in die Mira Flores-Schleuse fuhr. Durch diese Schleusen müssen alle Schiffe fahren. Dort werden die Schiffe durch ein

Schiffshebewerk auf das Wasserniveau der Karibik bzw. des Kanales gebracht. Es war sehr beeindruckend. Selbst große Containerschiffe durchfahren diese Schleusen.

Marie gesellte sich zu Anja: „Na, es ist schon interessant. Eigentlich ist es doch hier wie im Urlaub. Wir haben tolles Wetter, wir sehen beindruckende Dinge. Ich finde es schön."

„Na ja, der besoffene Kerl letzte Nacht war nicht so toll. Unsere Umgebung hier kaschiert etwas die Wirklichkeit. Wenn unser Zuhälter es will, landen wir morgen wieder in irgendeiner Kaschemme in irgendeinem Hafenstädtchen und dürfen besoffenen Matrosen einen blasen." sagte Anja deprimiert.

„Ein Grund mehr, die paar Tage hier zu genießen." meinte Marie.

„Stimmt schon. Aber in zwei Tagen sind wir wieder in Grenada. Lima wurde ja nun ausgelassen. In Grenada wartet dann wieder irgendjemand auf uns. Und ohne Chance werden wir abgeführt an irgendeinen anderen Ort, um wieder nur die Beine breit zu machen. Ich habe einmal in Deutschland versucht, dem zu entkommen. Guiseppe hat mich gefunden und fast totgeschlagen." erzählte Anja.

Dann kam ein junger Mann auf die beiden Frauen zu und sprach: „Na Mädels? Ich bin Björn. Wer von euch hat Lust auf einen Drink? Ihr könnt auch beide mitkommen!"

„Geh nur", sprach Marie zu Anja, „ich habe noch nicht gefrühstückt."

Anja nickte und nahm Björn seine rechte Hand. Dann gingen beide Hand in Hand zur Poolbar. Dort angekommen bestellte der junge Mann Caipirinha. Der Barkeeper machte sich sogleich daran. Anja und Björn stießen an. Dann zog Björn Anja leicht zu sich herüber und gab ihr einen Kuss.

„Ich habe hier hinten eine Kabine mit Meeresblick gebucht. Wir können unsere Drinks mitnehmen. Dort macht es richtig Spaß." sprach Björn.

„Du kommst ziemlich schnell zur Sache." sagte Anja.

„Na ja, wir alle sind ja nur deshalb hier. Wir wollen Sex. Und das ausgiebig." Björn lachte.

„Genau. Na gut, gehen wir." Anja fasste kurz mit ihrer rechten Hand in die Badehose von Björn. Dann erhob sie sich, nahm ihren Drink und fragte dann: „Welche Kabine?"

Björn erhob sich ebenfalls und sagte: „Nummer 11!"

Beide gingen zu der genannten Kabine. Anja schob den Vorhang beiseite und zog Björn an sich. Der schob den leichten Vorhang wieder zu. Dann küssten sie sich. Ihre Zungen spielten miteinander. Langsam zogen sich beide gegenseitig aus und legten sich auf die bequeme Liege. Dann ließen sie ihrem Tun freien Lauf. Björn merkte nicht, dass Anja nur arbeitete. Er hingegen kam voll auf seine Kosten.

Am Abend trafen sich die meisten Gäste wieder an der Poolbar. Das Schiff hatte den Panama-Kanal hinter sich gelassen und befand sich wieder auf hoher See. Fiona, Marie und Anja standen an der Seite an der Gangway. Da kam Annabell zu ihnen.

„Kann ich dich mal kurz sprechen?" fragte Annabell an Anja gewandt.

Anja nickte nur. Annabell nahm sie dann an der Hand und ging mit ihr in Richtung Treppe zu einer unteren Aussichtsplattform. Unterwegs war der Gang etwas schmal. Anja ging vorne weg. Man konnte direkt auf das Meer sehen. Es war gerade kein starker Wellengang. Da ergriff Annabell Anja von hinten und drückte sie direkt an das Geländer. Mit der rechten Hand hielt sie ihr den Mund zu. Annabell war stärker als Anja. Langsam schien Anja das Gleichgewicht zu verlieren und über die Gangway ins Meer zu stürzen. Sie versuchte sich krampfhaft zu wehren. Aber es gelang ihr nicht. Es war ein ungleicher Kampf. Die Situation wurde für Anja immer gefährlicher. Sie konnte sich kaum noch am Geländer halten. Ein Sturz in das Meer wäre ein sicheres Todesurteil gewesen. Anja versuchte zu schreien. Aber mehr als ein schwaches Stöhnen kam unter der Hand von Annabell nicht hervor. Plötzlich änderte sich die Situation. Ein junger Mann hatte das beobachtet und stürzte zu den beiden kämpfenden Frauen. Er schnappte Annabell ebenfalls von hinten und zog sie von Anja zurück. Der junge Mann schrie dabei laut um Hilfe. Dies alarmierte noch andere Gäste und zusammen konnte man Annabell überwinden. Anja war ziemlich verstört und holte erst einmal tief Luft. Sie konnte sich das Verhalten von Annabell nicht erklären. Annabell merkte, dass sie nun keine Chance mehr hatte. Einige Gäste haben die Crew des Schiffes alarmiert. Der erste Offizier kam zusammen mit zwei Matrosen und führte Annabell ab. Sie wurde in eine Kabine eingesperrt. Der Kapitän führt unterdessen Anja in seine Kabine. Auf der Brücke hatte der zweite Brückenoffizier nun das Kommando. Nun wurde die Polizei in Grenada informiert.

Am nächsten Tag war die Anlandung in Grenada. Anja und Annabell wurden dort der Polizei übergeben. Anja schilderte dort, was an Bord geschah. Man glaubte ihr. Während des Gespräches kam ein älterer Mann hinein und stellte sich als Anwalt von Anja vor. Anja war selbst erstaunt. Auf Drängen des Anwaltes konnte Anja das Polizeirevier verlassen. Draußen wartete schon Guiseppe.

„Komm, schnell ins Auto." sprach er, schnappte Anja und zog sie in ein parkendes Auto.

„Mann, was machst du denn für Sachen? Ständig bringst du mich in Schwierigkeiten. Was soll ich nur mit dir machen? Ich wurde schon von Bord des Schiffes informiert und bin sofort hierher geflogen. Was das wieder gekostet hat! Was wollte diese Annabell von dir?" fragte Guiseppe.

„Ich weiß es nicht, ich weiß es wirklich nicht. Sie wollte mich einfach über die Gangway ins Meer stürzen. Ich weiß nicht warum." Anja war noch immer aufgewühlt und hatte Angst.

„Gib mir jetzt deinen Pass!" befahl Guiseppe und Anja gab ihm den Pass.

„Was wird nun mit mir?" fragte Anja.

„Im Hafen steht eine große Jacht von einem befreundeten Geschäftsmann. Wir gehen dort zunächst mit an Bord. Du wirst dort arbeiten und den Gästen dienen. Der Eigentümer hat dich für die Reise gemietet." antwortete Guiseppe.

„Und wohin geht es mit dem Schiff?" fragte Anja.

„Das geht dich gar nichts an. Du machst einfach deinen Job. Ich werde nach Europa fliegen. Ich kann nicht zwei Wochen auf dem Schiff Urlaub machen. Ich hole dich in Europa ab. Verstanden?" sprach

Guiseppe unwirsch. Anja nickt nur ängstlich. Sie war innerlich den Tränen nahe.


34.

Von der See wehte eine frische Brise über das Land. Jetzt, am Ende des Sommers, ist es an der Ostsee immer noch warm. Aber an manchen Tagen spürt man schon, dass der Herbst nicht mehr fern ist. Trotzdem tummeln sich noch tausende Touristen an den Stränden und genießen die Sonne. Kinder spielen am Strand und buddeln Sandburgen und im Wasser ist es auch noch sehr voll.

Martin wohnte nun in einer kleinen Ferienwohnung unweit vom Strand von Zingst. Er wohnt dort, seitdem er mit Krieger aus Südamerika zurückkam. Man sagte ihm, dass er auf keinen Fall nach Hause in Bad Wuhlau konnte. Er musste unter allen Umständen untertauchen. Für die Organisation war er tot. In Zingst fiel er bei den tausenden Touristen kaum auf.  Martin bekam eine andere Frisur und trug einen Bart. Angemeldet wurde er mit dem Namen Thomas Haferkamp.

Am zweiten Tag seines Aufenthaltes in Zingst kam Krieger und Catia Camara. Zusammen gingen sie am Bodden spazieren.

„Haben Sie sich ein wenig eingelebt?" fragte Catia Camara.

„Ja, es geht. Die Wohnung ist okay. Sie ist nicht geräumig und etwas abgelegen. Aber sie ist okay. Wie lange, denken Sie, werde ich hier bleiben?" fragte Martin.

„Schwer zu sagen. Wir haben den Pfarrer Heinrich mal genauer durchleuchtet. Er war sehr lange in den USA. Unsere Kollegen dort teilten uns mit, dass er kein richtiger Pfarrer ist. Er war in den Staaten für ein mutmaßliches Drogenkartell tätig. Pfarrer ist er nur zur Tarnung." sprach Krieger.

„Und, was wird nun?" fragte Martin weiter.

„Naja, wir müssen uns noch mit Interpol absprechen. Eine endgültige Entscheidung ist noch nicht gefallen." sagte Catia Camara.

„Diese kirchliche Organisation ist alles nur Tarnung. Sie ist der Versuch von hauptsächlich europäischen Kriminellen, das Drogengeschäft mit Südamerika unter ihre Kontrolle zu bringen. Und der Pfarrer Heinrich, ich nenne ihn mal weiter so, ist wahrscheinlich der Kopf der Organisation." erklärte Krieger.

„Ich kann hier aber nicht ewig als Tourist leben. Das fällt irgendwann auf. Sie müssen sich was einfallen lassen." sprach Martin.

„Das ist uns durchaus bewusst. In ein paar Tagen wissen wir wahrscheinlich mehr." sagte Catia Camara.

„Und was ist mit Anja?" fragte Martin.

Krieger holte tief Luft und sprach: „Sie ist auf dem Weg nach Deutschland. Es geht ihr gut."

„Sie brauchen sich keine Sorgen machen. Es geht ihr wirklich gut." sprach auch Catia Camara.

„Ich mache mir aber Sorgen um sie." sagte Martin.

„Das brauchen Sie nicht." sagte Catia Camara.

„Ich werde Sie dann kontaktieren." sagte Krieger.

Dann verabschiedeten sich Krieger und Catia Camara.

Es vergingen ein paar Tage. Martin wurde schon unruhig. Er ist es nicht gewohnt, einfach untätig zu sein und nur ein bisschen spazieren zu gehen. So alleine kommt man auch schnell ins Grübeln. Und das ist erst recht frustrierend.

Eines Abends meldete sich Krieger am Handy: „Wir müssen uns treffen. In einer Stunde unten am Hafen!"

Martin kam noch nicht einmal dazu, etwas zu sagen. Krieger hatte schon aufgelegt. Nach einer Stunde war Martin am kleinen Fährhafen von Zingst. Gerade

legte die Fähre aus Barth an. Catia Camara stieg aus.
Sie winkte ihm zu. Martin winkte zurück. Da tippte
ihn jemand von hinten auf die Schulter. Martin
drehte sich erschrocken um. Es war Krieger.

„Kommen Sie. Wir gehen an Bord." sprach er.
Martin und Krieger gingen die kleine Gangway hinauf
auf das Schiff. Catia Camara wartete unterdessen
oben auf dem Freideck. Die Drei saßen nun an einem
Tisch.

„Was ist los?" fragte Martin.

„Wir haben in Zusammenarbeit mit Interpol heute in
fünfzehn Ländern Razzien durchgeführt. Mehrere
Personen dieser Organisation wurden verhaftet. Der
Pfarrer Heinrich auch. Wir haben sehr umfangreiches
Material beschlagnahmt. Wir denken, dass diese
Organisation nun so ziemlich ausgeschaltet wurde."
erklärte Catia Camara.

„Was heißt ziemlich?" fragte Martin.

„Naja, die Großen haben wir. Aber die kleinen Fische
sind zum Teil noch aktiv. Das sind Personen, welche
keine Ahnung haben, für wen sie tatsächlich
gearbeitet haben.  Die dachten wahrscheinlich
wirklich, dass sie im Namen ihres Glaubens gehandelt
haben. Es ist durchaus möglich, dass sie immer noch
einige Opfer im Visier haben. Auch ihre kleine Anja ist
nur knapp einem Attentat entkommen. So eine Irre

wollte sie umbringen. Es konnte in letzter Sekunde
verhindert werden. Dadurch, dass Sie und dieser
Pedro an Bord des Schiffes nichts machen konnten,
sollte diese Frau wahrscheinlich etwas unternehmen.
Wir gehen davon aus, dass Sie und Pedro einen
Sprengsatz im Schiff deponieren solltet. Aber dazu
kam es ja bekanntlich nicht. Dann hat diese Irre etwas
im Alleingag versucht. Anders ist das Verhalten nicht
zu erklären." erzählte Krieger.

„Wo ist Anja jetzt?" fragte Martin aufgeregt.

„Wie schon gesagt, sie ist auf dem Weg nach
Europa." sagte Catia Camara.

„Es ist noch etwas anderes passiert. Der zweite Chef
dieser Organisation, Herr von Steyerburg, wurde in
Neapel von Unbekannten erschossen. Seine wahre
Identität konnten wir noch nicht feststellen. Damit ist
das Schicksal dieser Organisation endgültig
besiegelt." sprach Krieger.

„Ich denke dieser Steyerburg, oder Urbach, ist
Anwalt?" fragte Martin.

„Tja, das dachten wir zunächst auch. Aber dieser
Anwalt ist vor zwei Jahren bei einem Unfall ums
Leben gekommen." Erklärte Krieger.

„Wenn Anja nach Deutschland kommt, will ich sie
sehen." forderte Martin.

„Das geht nicht. Das ist gefährlich. Mann, sie ist eine Prostituierte. Sie arbeitet für einen italienischen Zuhälter. Sie würden sich mit der Mafia anlegen. Sie kann nicht machen, was sie will. Außerdem wissen wir nicht, ob sie überhaupt nach Deutschland kommt." sprach Krieger.

„Ich habe Euch geholfen. Jetzt helfen Sie mir. Ich will Anja sehen." beharrte Martin.

Catia Camara sah Krieger an und sprach dann: „Gut. Wir wollen sehen, was wir machen können."

„Tun Sie das!" forderte Martin.


35.

Langsam segelte eine sehr luxuriöse Jacht von Grenada in der Karibik nach Europa. An Bord waren einige sehr reiche Geschäftsleute. Es fehlte ihnen an nichts. Auch einige sehr junge Frauen waren dabei. Sie sollten den Geschäftsleuten die Überfahrt nach Europa versüßen. Auch Anja war dabei. Sie kannte die Bedingungen auf solchen Geschäftsreisen. Als Guiseppe sie dem Eigentümer der Jacht übergab, wechselte er noch ein paar Worte mit ihm. Dann übergab er ihm noch den Pass von Anja. Dann verabschiedete Guiseppe sich ohne Anja auch nur anzublicken. Sie ist für ihn nur ein Objekt, welches er gewinnbringend vermietet. Und der „Mieter"? Er will mit Anja nur Spaß haben. Der Mensch hinter diesem „Spaß" spielt überhaupt keine Rolle. Anja wusste dies und war es gewohnt. Aber trotzdem tat ihr das weh. Monat für Monat, Jahr für Jahr hoffte sie, dass dieser Albtraum irgendwann ein Ende hat. Aber es half alles nichts. Sie musste sich fügen und alles über sich ergehen lassen. Also tat sie, was man von ihr erwartete. Jeden Tag der Reise setzte sie eine freundliche Miene auf und tat so, als würde ihr dies Spaß machen. Abends ging sie mit einem der Herren auf sein Zimmer und gab ihm alles was er wollte. Das Gute auf diesen Schiffen war, dass hier keine Gewalt herrschte. Hier wurde sie nicht verprügelt. Sie hatte in diversen Kaschemmen schon viel einstecken müssen. Daran auch nur zu denken, war für Anja schrecklich. Sie hoffte, dass ihr dies in Zukunft erspart bliebe.

Nach Zwei Wochen auf hoher See segelte die Luxusjacht die Ostsee an. Schließlich machten sie im Hafen von Rostock halt. Zur Passkontrolle bekam Anja ihren Pass vom Eigentümer der Jacht. Aber kaum war sie durch, stand auch schon Guiseppe dort und nahm ihr sofort wieder ihren Pass ab. Es war schon kurz vor Mitternacht. Guiseppe hakte Anja unter und schob sie in ein dort wartendes Auto. Zum Fahrer sagte er kurz: „Los geht's!"

„Wo bringst du mich hin?" fragte Anja.

„Du kommst in eine etwas abgelegene Villa. Das ist ein Gästehaus von uns. Dort übernachten in der Regel einige unserer Geschäftspartner, wenn sie hier etwas zu erledigen hatten. Du tust, was sie von dir verlangen! Du kennst das. Verstanden?" Guiseppe sah Anja an. Sie nickte nur.

Nach einer Stunde Fahrt hielt der Wagen an. Anja erschrak. Sie war während der Fahrt eingeschlafen. Guiseppe machte die Wagentür auf und wollte aussteigen. Da ertönte ein kurzes Ploppen und Guiseppe sackte zusammen. Es war kein lauter Knall. Guiseppe konnte gerade noch zurück in den Wagen, da ertönte ein leichtes Klirren an der Seitenscheibe des Autos. Der Fahrer starte hektisch den Wagen und fuhr mit quietschenden Reifen davon. Anja war total erschrocken. Guiseppe stöhnte laut auf. Nach einer viertelstündigen Fahrt hielt der Wagen in einem Waldstück an. Der Fahrer stieg vorsichtig aus und schaute sich zunächst um. Nichts war zu sehen. Ihnen war auch kein Wagen gefolgt. Anja stieg ebenfalls aus und öffnete die Beifahrertür, um nach Guiseppe zu sehen. Als sie die Tür aufmachte, kippte Guiseppe ihr entgegen. Auf seinem T-Shirt war ein großer

Blutfleck. Der Fahrer kam ebenso zu Anja. Er fühlte nach dem Puls und dem Atem von Guiseppe. Nichts regte sich. Guiseppe war tot. Anja wollte aufschreien. Doch der Fahrer, Anja kannte immer noch nicht seinen Namen, hielt ihr die Hand vor dem Mund. „Ganz ruhig! Kein Wort! Okay?" sagte er leise. Anja nickte.

„Dann setzt dich in den Wagen!" sprach er. Anja setzte sich wie befohlen. Sie zitterte am ganzen Leibe. Der Fahrer nahm nun sein Handy, ging ein paar Schritte und telefonierte. Er ließ aber Anja nie aus den Augen. In der rechten Hand hielt er das Handy und in der linken Hand hatte er eine Pistole. Anja hörte, wie er am Handy die Situation schilderte. Dann hörte sie nur noch ein paar Mal, wie er „Okay" sagte. Als das Gespräch offensichtlich beendet war, stieg der Fahrer wieder in den Wagen ein und fuhr davon.

„Was passiert nun?" fragte Anja mit zittriger Stimme. „Ich bringe dich jetzt in ein Restaurant in einem kleinen Kaff. Dieses Restaurant gehört unserem Syndikat.  Du wirst dort im Obergeschoß untergebracht. Und da bleibst du. Du gehst auch nicht aus dem Haus. Das ist gefährlich für dich. Du hast ja gesehen, was mit Guiseppe geschah. Wenn dir dein Leben lieb ist, gehorchst du. Verstanden?" fragte der Fahrer.

„Ja." antwortete Anja nur.

Sie fuhren nun mitten in der Nacht durch einige Dörfer immer an der Küste entlang. Nach etwa einer Stunde hielten sie vor einem kleinen Haus, mitten in einer Ladenstraße. In den meisten Touristenorten an der Ostseeküste gab es solch eine Ladenstraße. Es war nun schon nachts um Zwei Uhr. Da war in diesen kleinen Ortschaften alles ruhig. In dem Restaurant brannte allerdings noch Licht. Als das Auto vor der Tür hielt, ging die Tür vom Restaurant auf und ein junger Mann erschien. Der Fahrer von Anjas Auto unterhielt sich kurz mit dem jungen Mann. Dann winkte er Anja zu und alle drei gingen ins Haus. Der junge Mann verschloss die Tür. Drinnen wartete eine junge Frau. Sie nahm Anja wortlos an die Hand und führte sie ins Obergeschoß. Das Zimmer, in welchem Anja untergebracht war, war nicht sehr groß. Es hatte ein Bett, einen Schrank, ein Stuhl und einen Tisch.

„Ich bin Maria", sprach die junge Frau, „hier wirst du ein paar Tage bleiben. Ich werde ab und zu nach dir schauen. Du darfst das Zimmer nur zur Toilette, die ist gegenüber, verlassen. Man wird sich um dich kümmern."

Anja legte ihre kleine Tasche mit den wenigen Habseligkeiten auf den Stuhl.

„Leg dich ins Bett, und versuch zu schlafen." meinte Maria.

„Ich werde kein Auge zukriegen." sprach Anja.

„Das verstehe ich. Aber versuch trotzdem, zu schlafen. Keiner von uns weiß, was morgen ist." sagte Maria, lächelte, nickte Anja zu und verließ das Zimmer.

Während Maria Anja das Zimmer zeigte, fuhr der Fahrer mit der Leiche von Guiseppe weg.

36.

In der Nähe der Promenade am Stadthafen von Rostock saßen in einer urigen Kneipe Catia Camara und Krieger.

„Schlimme Sache, das mit Guiseppe. Wie konnte das nur passieren?" fragte Catia Camara.

„Das weiß ich auch nicht. Die Organisation wurde ausgelöscht. So dachte ich jedenfalls. Unsere Kollegen aus Südamerika haben dort die Mittelsmänner auch verhaftet und auch etliche getötet. Das ist alles bereinigt. Der Pfarrer hier wurde verhaftet und sitzt in U-Haft. Das Einzige, es gibt noch solche religiösen Fanatiker, welche noch nicht mitbekommen haben, das es aus ist. Die haben noch nicht bemerkt, das auch sie nur missbraucht wurden." erklärte Krieger.

„Es sind also noch ein paar durchgeknallte, religiöse Fundamentalisten unterwegs? Es könnte also noch nicht vorbei sein?" fragte nun Catia Camara.

„Sieht so aus", sagte Krieger und schaute sich um. Er winkte dem Kellner zu. Der kam und fragte: „Darf es noch etwas sein?"

„Ja, ein großes Schwarzbier bitte." sagte Krieger und schaute Catia Camara an. Die nickte und sagte: „Für mich ein Radler." Der Kellner nickte und ging wieder. Nach kurzer Zeit brachte er das Bestellte.

„Aja, hier ist es schön." sprach Catia Camara und schaute sich um.

„Ja, das stimmt. Soo, wo waren wir stehen geblieben? Ach ja, da sind noch so ein paar gefährliche Idioten unterwegs. Unsere Kollegen vom BND meinten, es könnten hier in Deutschland so ein bis zwei Leute sein. Der Pfarrer hatte genau Buch geführt. Daher haben wir hier in Deutschland etliche Leute verhaften können. Auch in anderen Ländern gab es zahlreiche Verhaftungen. Es ist aber nicht auszuschließen, dass diese Organisation noch unbekannte Leute in irgendwelchen Polizeirevieren und Behörden hatte, welche sie mit Informationen versorgte. Das sind richtige fanatische Jäger. Die halten sich wahrscheinlich für so eine Art Gotteskrieger." sprach Krieger.

„Ein bis zwei Leute. Und sie meinen, so einer hat Guiseppe umgebracht?" fragte Catia Camara.

„Höchstwahrscheinlich. Allerdings wurde Guiseppe erschossen. Das verbrannte Auto mit seiner Leiche wurde wahrscheinlich von seinem Syndikat verbrannt. Wir wissen auch, dass im Fahrzeug noch ein Fahrer und diese Anja waren. Wo der Fahrer ist, weiß ich nicht. Er hat wahrscheinlich das Fahrzeug in Brand gesetzt mit Guiseppes Leiche darin. Dann hat er sich bestimmt ins Ausland abgesetzt." erklärte Krieger.

„Und die kleine Nutte?" fragte Catia Camara.

„Das Syndikat hat noch ein kleines Restaurant in ihrem Besitz. Möglich, das sie dort untergebracht wurde." sprach Krieger.

„Sie kennen sich aber gut aus. Woher wissen Sie das Alles?" fragte Catia Camara.

„Ich habe da so meine Quellen!" erklärte Krieger.

„Na gut. Wollen wir es Martin sagen?" fragte Catia Camara.

„Das wäre nicht gut. Der würde hier nur stören!" sagte Krieger.

„Wie sie meinen." sprach Catia Camara.

Krieger schaute sich um und winkte den Kellner und hob dabei sein Portemonnaie. Der Kellner kam und Krieger bezahlte.

Am nächsten Tag saßen Krieger und Catia Camara in ihrem Büro in Rostock. Ein Polizist kam herein und reichte Krieger eine Mappe. Krieger schlug sie auf und sagte: „So, liebe Kollegin. Wir haben die Tatwaffe. Sie wurde zufällig in einem Waldstück unter einem Laubhaufen gefunden. Ziemlich dilettantisch. Man merkt, dass diese religiösen Spinner oftmals reine Amateure waren. Sie machten die Drecksarbeit und konnten dann schnell gefasst werden. Da sie aber Fanatiker waren, schwiegen sie und ließen die Verhaftung einfach über sich ergehen. Wir haben auch die Fingerabdrücke. Sie sind sogar registriert. Sie gehören zu einem Herrn Klaus Hertzler. Er war früher einmal bei einem Ladendiebstahl erwischt worden. Die Kollegen sind gerade dabei, sein Handy zu orten. Dann haben wir ihn." Krieger freute sich.

Das Telefon klingelte. Krieger ging ran und sprach zu Catia Camara: „Wir haben ihn!"

„Wo?" fragte sie.

„In Fiethagen. In der Nähe dieses italienischen Restaurants." sprach Krieger.

„Das ist von hier eine Stunde Fahrt." meinte Catia Camara. Krieger nickte.

„Ich informiere das SEK." sagte Catia Camara.

„Tun sie das." sagte Krieger.

Catia Camara wartete bis Krieger den Raum verließ und nahm dann ihr Handy. Es meldete sich jemand. Sie sagte: „Hören Sie, sie ist im italienischen Restaurant in Fiethagen. Seien sie vorsichtig. Das SEK wird auch dort sein." Dann legte sie auf. Sie wählte ein zweites Mal und meldete sich beim SEK.

37.

In der Ladenstraße des kleinen Ostseestädtchens regte sich jetzt im Herbst recht wenig. Einige wenige Touristen waren unterwegs. Auch ein kleines italienisches Restaurant im Zentrum von Fiethagen hatte geöffnet. Abends kamen noch ein paar Gäste und bestellten sich eine Pizza. Manche aßen selbst bei kaltem Wetter einen Eisbecher. Um einundzwanzig Uhr schloss dann das Restaurant. In der Stadt war es totenstill. die wenigen Touristen waren um die Zeit in ihren Ferienhäusern oder - wohnungen. In der Nähe des Restaurants saß ein junger Mann auf einer Parkbank.

Im Restaurant brannte noch Licht. Im Obergeschoß saß Anja an dem kleinen Tisch in ihrem Zimmer.

Maria hatte ihr ein großes Stück Pizza und eine Cola gebracht.

„Schmeckt gut", sprach Anja.

„Diese Pizza ist hier der Renner. Sie wird am meisten verkauft. Die Leute lieben sie." erklärte Maria und setzte sich auf Anjas Bett.

„Mmh, das glaube ich. Einfach lecker." sagte Anja.

„Es freut mich, dass es dir schmeckt." sagte darauf Maria.

„Darf ich nachher ein bisschen spazieren gehen?" fragte Anja etwas schüchtern. Sie hatte die Nase voll davon, immer im Zimmer zu bleiben.

„Das ist gefährlich. Wir dürfen dich nicht gehenlassen. Wir haben Anweisung, dich nicht hinauszulassen. Es darf dir nichts geschehen." sprach Maria.

„Wieso darf mir nichts geschehen? Es ist zwar schön, dass ihr auf mich aufpasst. Aber wieso? Ihr seid doch sonst nicht so zimperlich. Wieso das Ganze?" fragte Anja.

„Ich weiß es nicht. Ich folge nur den Anweisungen. Und es würde mir auch leidtun, wenn dir was passierte." erklärte Maria.

„Bitte, nur mal kurz in Richtung Strand. Immer die stickige Luft hier drinnen." Anja schaute bittend zu Maria.

„Mensch Anja. Ich darf das nicht!" Maria schüttelte
ihren Kopf.

„Bitte, nur eine viertel Stunde. Ich will ja nicht alleine
gehen. Komm doch mit!" sprach Anja.

Maria schaute auf die Uhr und erhob sich. Sie sah
Anja an und sagte: „Ich komme gleich wieder. Ich
frage unten Francesco."

Anja nickte. Sie hoffte, dass sie mal raus kam aus dem
Zimmer. Sie saß hier nun schon seit Tagen. Tagsüber
durfte sie noch nicht einmal aus dem Fenster
schauen. Nach ein paar Minuten kam Maria zurück.

„Okay. Zieh dich warm an. Wir beide gehen ein Stück
in Richtung Strand. Dort ist es stockdunkel. Da wird
dich kein Mensch erkennen." erklärte Maria.

„Ich habe keine warmen Klamotten. Nur das, was ich
anhabe." sagte Anja.

„Hm, das ist nicht viel. Ich gebe dir was von mir.
Komm mit runter." Maria und Anja standen auf und
gingen runter ins Lokal.

Maria gab Anja eine dicke Jacke. Dann gingen beide
hinaus auf die Straße. Anja sah, dass Maria eine
Waffe unter ihrer Jacke hielt. Maria bemerkte dies
und sagte: „Nur zur Sicherheit."

Beide Frauen gingen langsam in Richtung Strand. Es
wehte ein eiskalter Wind. Aber die frische Luft tat
richtig gut. Die Straßenbeleuchtung zeigte ein

diffuses Licht in den Straßen. Die Stadt schien wie ausgestorben. Trotzdem war Anja froh. Maria ging immer einen halben Schritt hinter Anja. Die beiden Frauen merkten nicht, wie ihnen ein junger Mann folgte. Am Strand angekommen sah man nicht viel. Vor der Küste lag ein Schiff. Man sah ein paar Lichter. In der Ferne blinkte ein Leuchtturm auf.  Anja holte tief Luft. Die frische Seeluft tat ihr sichtlich gut.

„Ach, ist das schön hier." seufze Anja.

„Ja sicher, ich merke das gar nicht mehr. Wenn du tagaus, tagein das siehst, gewöhnt man sich daran und bemerkt die Schönheiten..." plötzlich ertönte ein Knall und Maria sackte zusammen. Anja erschrak sichtlich. Sie hielt Maria fest, konnte sie aber nicht halten. Hinter sich hörte Anja nun ein Stapfen im Sand. Sie drehte sich um und sah in fünf Meter Entfernung einen jungen Mann. Er hielt eine Pistole in der Hand und zielte auf Anja.

„Bitte nicht!" schrie Anja.

Der junge Attentäter hob die Pistole und richtete sie auf Anja. Er zog am Hahn und plötzlich knallte es gleich zweimal kurz hintereinander. Anja zuckte deutlich zusammen. Sie spürte einen Schmerz in der rechten Schulter. Anja schrie erneut auf und fiel zu Boden. Sie sah noch, wie der junge Mann ebenfalls zu Boden fiel. Dann verlor sie das Bewusstsein. Sie sah nicht, wie hinter ihr ein weiterer junger Mann erschien, ebenfalls mit einer Pistole bewaffnet. Dieser junge Mann stürzte zu Anja und hob ihren Kopf auf. Anja schlug die Augen auf und schaute den jungen Mann an.

„Hab keine Angst.", sprach er, „Ich bin es, Martin. Alles wird gut."

Drei Meter entfernt lag der Attentäter. Er lag auf dem Rücken. Plötzlich drehte er sich um. Er hatte immer noch die Pistole in der Hand. Er hob diese Pistole und wollte gerade abdrücken. Martin bemerkte dies rechtzeitig und schoss noch einmal. Es ging ein Zucken durch den Körper des Attentäters. Dann lag er bewegungslos da. Die Schüsse sind natürlich bemerkt worden. Am Restaurant war inzwischen das SEK eingetroffen. Man hörte die Schüsse am Strand und eilte dorthin. Krieger und Catia Camara waren ebenfalls dabei. Es wurde sofort ein Rettungswagen gerufen. Catia Camara ging zum Attentäter und beugte sich hinunter zu ihm. Ein Polizist ging zu Maria. Er fühlte ihren Puls und schüttelte den Kopf. Catia Camara fühlte den Puls vom Attentäter. Sie sah zu Martin und zu Krieger und schüttelte ebenfalls nur den Kopf. Der Attentäter war tot.

Krieger sah zu Martin und fragte: „Was machen Sie hier?"

Martin hielt immer noch Anjas Kopf. Er schaute zu Catia Camara uns sagte: „Danke, dass Sie mir Beschied gaben."

„Ich hielt es für besser so." sagte Catia Camara und sah Krieger an.

Inzwischen kam ein Rettungswagen und die Sanitäter kümmerten sich um Anja. Sie war wieder bewusstlos. Mit Blaulicht und Polizeieskorte wurde sie ins nächste Krankenhaus gebracht. Martin durfte mitfahren.

„Sie haben Jakubowski informiert?" fragte Krieger erstaunt.

„Ja, ich dachte, es wäre gut so. Und? Es war gut so. Er war vor uns da und hat schließlich seine Anja gerettet." sprach Catia Camara. Krieger nickte nur.

Im Krankenhaus wurde Anja sofort notoperiert. Dann kam sie auf die Intensivstation. Alles lief unter ständigem Polizeischutz. Martin durfte nicht direkt zu ihr. Catia Camara war ebenfalls ins Krankenhaus gefahren. Durch ein großes Fenster konnten sie und Martin auf Anjas Bett sehen. Sie war aus der Narkose noch nicht erwacht. Die Ärzte waren aber zuversichtlich, dass sie die OP und ihre Verletzung gut übersteht. Vor dem Zimmer waren zwei Polizisten und hielten Wache.

Catia Camara sah Martin an und sagte: „Gehen Sie nach Hause. Sie können hier nichts für sie tun."

„Nein. Ich möchte bei ihr sein." sagte Martin.

„Das geht nicht. Wenn sie bei Bewusstsein ist, muss zunächst ich mit ihr reden." sprach Catia Camara.

„Warum?" fragte Martin.

„Hören Sie, Anja ist noch nicht außer Gefahr. Sie gehört immer noch dem italienischen Syndikat. Die lassen sie nicht einfach gehen. Wir müssen noch vieles beachten." sprach Catia Camara.

„Sie haben doch Verbindungen zum Syndikat. Sie können denen klarmachen, dass sie aussteigt." meinte Martin.

„Das ist nicht so einfach. Guiseppe war unsere Verbindung. Der ist tot. Es ist möglich, dass man nun einfach Anja beiseiteschaffen will." sagte Catia Camara.

„Ich werde auf sie aufpassen." sprach Martin etwas trotzig.

„Seien Sie nicht so naiv. Sie sind selbst Polizist. Sie wissen, wie die Mafia tickt. Ich habe mir schon was einfallen lassen. Vertrauen Sie mir." Catia Camara sah Martin an und lächelte.

„Was haben Sie sich einfallen lassen?" fragte Martin. Catia Camara zögerte. Dann sagte sie nochmals: „Vertrauen Sie mir."

„Nein. Ich will es wissen." Martin blieb hartnäckig.

„Gut." sprach Catia Camara und sah sich um. Dann zog sie Martin beiseite und sprach: „Hören Sie. Was ich Ihnen jetzt mitteile, wissen nur ganz wenige. Selbst Krieger erfährt es nicht. Und Ihnen sage ich es nur, weil ich weiß, dass sie Anja lieben. Also", Catia Camara räusperte sich und sah sich nochmals um, „Sie wissen sicherlich, was ein Zeugenschutzprogramm ist? Nun ist Anja zwar keine Zeugin gegen den Pfarrer und seine Organisation, aber wir werden sie trotzdem ins Schutzprogramm aufnehmen. Und noch mehr. Ich habe mit der Staatsanwaltschaft gesprochen. Anja bekommt eine neue Identität. Das heißt, sie bekommt, wenn sie will, einen neuen Namen, natürlich neue Papiere und eine neue Wohnung. Auch ihr Aussehen muss sich etwas verändern. Eine neue Frisur und Haarfarbe und so weiter. Sie verstehen?" Catia Camara sah Martin an. „Verstehe." Martin nickte.

Catia Camara sprach weiter: „Offiziell wird Anja Fiebritz im Krankenhaus ihren Verletzungen erlegen. Noch heute wird sie aus dem Krankenhaus gebracht, offiziell zur Gerichtsmedizin. Dort kommt sie aber nicht an. Sie wird in Wirklichkeit in die Uniklinik Rostock verlegt mit einer schweren Stichverletzung zur Weiterbehandlung. Ihr Name lautet Katja Bronelli.

Krieger bekommt einen Obduktionsbericht von Anja Fiebritz. Damit ist für ihn der Fall erledigt."

„Darf ich sie dann sehen?" wollte Martin wissen.

„Wenn Katja Bronelli einverstanden ist, können Sie sie dort besuchen. Sie sind schließlich ihr Freund. Oder etwa nicht?" Catia sah Martin lächelnd an.

„Doch, doch, natürlich bin ich Katjas Freund." beeilte sich Martin zu sagen. Er war sichtlich erfreut.

„Na, dann junger Mann. Dann verabschieden Sie sich von Anja. Übermorgen sehen Sie dann ihre Freundin Katja in Rostock." sprach Catia Camara und lächelte erneut.

Martin ging zurück zum Sichtfenster und sah ein letztes Mal zu Anja. Sie lag unbeweglich da. Ihr Körper war fast eingehüllt mit Schläuchen und Kabeln. Technische Geräte zeigten ihren Zustand an. Anja war noch immer bewusstlos, aber Martin winkte ihr trotzdem zu und ging. Catia Camara nickte Martin zur Verabschiedung zu. Martin ging in Gedanken versunken. Was, wenn etwas schief gehen würde? Was, wenn Catia Camara nicht die Wahrheit gesagt hätte? Martin machte sich Sorgen. Plötzlich hegten ihn große Zweifel. Er stieg in sein Auto ein und wartete. Er wollte nicht nach Hause. Er wollte bei Anja sein, oder Katja.

Die Warterei zog sich einfach so hin. Nichts passierte. Martin schlief schließlich im Auto ein. Als er erwachte, war es schon hell. Martin stieg aus und ging auf die Station. Die Polizisten vor Anjas Zimmer waren verschwunden. In dem Intensivzimmer sah Martin einen Mann liegen. Anja war nicht mehr da. Eine Schwester kam Martin entgegen. Er hielt sie an und fragte: „Wo ist die junge Frau hin?"

„Die ist in der letzten Nacht verstorben. Tut mir leid. Sind Sie ein Angehöriger?" fragte die Schwester. Martin schüttelte den Kopf und sagte schnell: „Nein, nein. Danke für die Auskunft."

Martin ging hinaus zu seinem Auto. Die Zweifel wurden nun immer größer. Was sollte er nun tun? Es ist zwar so, wie Catia Camara gesagt hatte. Trotzdem war Martin misstrauisch. Wenn Anja nun wirklich gestorben ist, was dann? Martin wurde nun richtig unruhig. Er saß in seinem Auto und grübelte. Dann fasste er einen Entschluss. Er fuhr mit seinem Wagen ins Universitätsklinikum nach Rostock. Er wollte nicht bis zum nächsten Tag warten. Martin musste es unbedingt schon heute wissen. Warum sollte er auch bis morgen warten? Er ließ das Auto an und fuhr los. Beinahe hätte er vor Aufregung einen Unfall gehabt. Aber es ging noch einmal gut. Als er in der Rostocker Klinik ankam, ging er gleich zur Anmeldung. Dort saß eine ältere Dame am Tresen. Martin fragte: „Ich möchte zu Anja Fiebritz."

Die ältere Dame schaute in die Registratur und sagte: „Tut mir leid junger Mann. Hier liegt keine Anja Fiebritz."

Martin schüttelte den Kopf und sagte: „Entschuldigen Sie, ich meine natürlich Katja Bronelli."

Die ältere Dame sah Martin mit gerunzelter Stirn an. Dann sah sie trotzdem in ihren Computer. Dann schüttelte sie den Kopf und sprach: „Nein, eine Katja Bronelli liegt hier auch nicht. Wissen Sie eigentlich noch, was Sie wollen?" Die Dame war ziemlich genervt.

Martin wusste nicht was er sagen sollte. Er war sehr aufgeregt. Nervös und etwas laut sprach er die Dame an: „Sie müssen sich irren. Sie ist letzte Nacht hier eingeliefert worden."

„Sagen Sie das doch gleich, " sprach die Frau, „das ist etwas Anderes. Da muss ich in eine andere Datei schauen. Moment." Sie schaute noch einmal in ihren Computer.

„Katja Bronelli, hier hab ich sie." Die Dame holte einen Zettel und gab ihm Martin. Da drauf stand die Bezeichnung der Station.

„Dort drüben sind die Fahrstühle. Melden Sie sich dort bei der Stationsschwester." sagte die Dame noch.

Martin holte tief Luft und sagte nur: „Danke."

Schnellen Fußes eilte Martin zum Aufzug und fuhr zu der Station. Er war sehr nervös. Was würde ihn erwarten? Lag dort auf der Station die Frau, die er liebte? Was, wenn dort nun eine ganz andere Frau liegt? Die wildesten Gedanken gingen Martin durch den Kopf. Als er auf die Station kam, ging er direkt zum Tresen. Dort saß eine Schwester.

„Ich möchte zu Katja Bronelli." sagte Martin mit etwas zittriger Stimme.

„Sie können nicht zu ihr. Sie liegt im Intensivzimmer. Sie können nur durch ein Fenster schauen. Gehen Sie diesen Gang entlang. Dann ganz hinten rechts ist das Zimmer."

„Danke." sagte Martin knapp und ging.

Der Weg zum Intensivzimmer schien ewig lang zu sein. Martin sein Herz klopfte, als würde ein Hammer in seiner Brust schlagen. Als er am Zimmer ankam, schaute er durch das Fenster. Dort lag eine junge Frau mit kurzem schwarzem Haar. Martin war erschrocken. Anja hatte lange blonde Haare. Er sah noch einmal genauer hin. Das Gesicht der jungen Frau war verhüllt mit einer Atemmaske. Martin erkannte es nicht. Da tippte ihn jemand auf die Schulter. Eine Krankenschwester sah ihn an und sprach: „Was machen Sie hier?"

„Wie, was? Ich wollte..., " stammelte Martin. Dann sah er das Gesicht der Schwester und Martin fragte: „Catia? Catía Camara?"

„Ja, ich bin es. Sie sollten doch erst morgen kommen." sprach sie.

„Ich wollte...Ist das Anja?" fragte Martin.

Catia Camara schüttelte den Kopf und sagte: „Sie wissen doch, Anja ist verstorben. Das ist Katja. Im Krankenwagen wurde sie frisiert und die Haare gefärbt. Das war etwas riskant. Sie hätte sich mit Bakterien infizieren können. Es ging aber nicht anders. Und es ging schließlich gut. Wenn alles Weitere gut geht, kommt heute Nachmittag die Atemmaske ab. Dann können sie ihr wunderschönes Gesicht sehen. So lange müssen Sie noch warten. Gehen Sie so lange in die Cafeteria. Ich melde mich."

„Okay." sprach Martin kurz und ging.

Nach ein paar quälenden Stunden kam ein Anruf: „Sie können jetzt kommen."

Martin eilte auf die Station und sah durch das Fenster. Dort lag sie nun ohne Atemmaske. und Martin sah in ihr wunderschönes Gesicht. Ein Arzt war bei ihr.

„Darf ich hinein?" fragte er und winkte dem Arzt. Der nickte kurz.

Martin ging vorsichtig in das Zimmer. der Arzt sagte: „Nur ganz kurz. Sie ist noch schwach."

Langsam ging Martin an Anjas, nein Katjas, Bett. Sie sah ihn an und lächelte schwach. Martin ergriff ihre Hand und drückte sie vorsichtig. Katja wollte etwas sagen, konnte aber nicht. Der Arzt sagte zu Martin: „Gehen sie wieder. Sie ist noch zu schwach. Sie braucht vor allem jetzt Ruhe."

Als Martin aus dem Zimmer kam, sprach Catia Camara zu ihm: „Wir werden Katja noch einmal verlegen, aus Sicherheitsgründen. Sie können deshalb auch in den nächsten Tagen nicht zu ihr. Bitte haben Sie Geduld. Haben Sie Vertrauen. Alles wird gut."

„Ich darf sie nicht mehr besuchen?" fragte Martin aufgebracht.

„Nein. Es ist zu Katjas Sicherheit. Es kann eine Weile dauern. Ich melde mich bei Ihnen. Nochmals, haben Sie Vertrauen." sagte Catia Camara. Ein großer, kräftiger Mann kam hinzu und stellte sich direkt neben Catia Camara.

Martin wollte noch etwas sagen, ging aber dann doch.

Martin war wieder in Bad Wuhlau. Es waren nun schon sechs Wochen vergangen. Er versuchte mehrmals herauszufinden, wo Anja, oder auch Katja, sich befand. Über das BKA bekam er keine Auskunft. Catia Camara konnte er nicht erreichen. Martin war verzweifelt. Missmutig und schlecht gelaunt versah er seinen Dienst. Melinda und Molwitz waren froh, als Martin wieder zurückkam. Sie stellten ihm auch keine Fragen. Sie freuten sich einfach, dass er wieder da war. Es hatte sich in Bad Wuhlau nichts verändert. Ab und zu ging Martin in die Kneipe zu seiner Bekannten Lilo. Er wollte aber nur mit ihr reden. Auf Sex hatte er keine Lust. Seine Gedanken drehten sich nur um Anja. Martin war traurig und enttäuscht. Er war in Rostock so nah bei ihr. Und nun schien sie für immer verloren. Er verstand ja, dass sie in Gefahr ist. Trotzdem hatte er Sehnsucht. Er kannte Anja so wenig. Trotzdem konnte er sie nicht vergessen. Traurig ging er jeden Abend nach Hause. Eines Feierabends sagte Melinda zu ihm: „Wollen wir nicht mal zusammen ein Feierabendbier trinken? Mein Freund ist zurzeit in seiner Heimat. Er kommt erst am Wochenende. Wir trinken ein bis zwei Bier, quatschen ein bisschen. So ist es für uns beide nicht so langweilig."

„Nein, ich habe keine Lust." sagte Martin.

„Mensch, du kannst nicht ewig Trübsal blasen."
Melinda ließ nicht locker.

„Ach nein, vielleicht ein anderes Mal." sprach Martin.

„Ich hole dich auch ab." sagte Melinda.

„Nein, nein, lass mal." sagte Martin nur, stand auf,
zog sich an und ging nach Hause.

Martin war gerade zu Hause angekommen, da
klingelte es an seiner Tür.

Martin brabbelte: „Och Melinda, ich habe doch
gesagt, dass ich keine Lust habe."

Martin ging zur Tür und öffnete sie. Vor ihm stand
plötzlich eine junge Frau mit kurzem schwarzem
Haar. Martin stand zunächst wie verdattert da.

„Da bin ich. Darf ich rein kommen?" fragte die junge
Frau.

„Anja?" fragte Martin, immer noch völlig überrascht.
Die junge Frau hatte nicht nur eine neue Frisur, auch
war ihr Gesicht etwas anders. Ihre Nase war etwas
schlanker. Aber trotzdem erkannte Martin die
Gesichtszüge von Anja. Er machte die Tür ganz auf
und zeigte nach innen.

„Nein. Ich bin Katja Bronelli." sagte die junge Frau,
lächelte und trat ein. Dann standen sie sich einen
kurzen Moment schweigend lächelnd gegenüber.
Plötzlich lagen sie sich in den Armen und küssten sich.

Die ganze Anspannung, die ganze Sehnsucht der letzten Monate lagen in diesem Kuss. Tränen rannten über Katjas Wange. Martin küsste diese Tränen fort und sprach: „Ich liebe dich."

„Ich liebe dich auch." sagte Katja. Sie konnte es kaum glauben, dass sie das erste Mal in ihrem Leben solch ein Glück erfährt.

Sie küssten sich wieder und wieder und hofften beide, dass ihr Glück nie enden würde.

—